teenに贈る文学

その本の物語　上

村山早紀

ポプラ社

その本の物語

上

STORY OF THE BOOK

MURAYAMA SAKI

村山早紀

プロローグ　～つばめ

やだな。早く着きすぎてしまった。

「――二時まで、まだ二十分もあるよ」

わたしは腕の時計を見て、軽くため息をつく。

今日の日差しは五月にしては眩《まぶ》しいので、芝生にくっきりと自分の影が映っている。見上げるとまるで夏みたいな青空。綺麗《きれい》だけど明るすぎていっそ悪趣味な感じがする。ていうか暑い。パーカーを脱いで、腕にかけたら生き返るような感じがした。日に焼けてない白い腕が剝《む》き出しになって、我ながら気持ちが悪くて目を背けた。ちょっと白すぎるし、細すぎる。

この病院は長い長い石畳の坂の上にあるから、わたしのように、しばらくひきこもりだった人間には、たどりつくまでがなかなかに試練で、いつも、門をくぐるときには、「ゴール」と脳の中に文字が浮かぶ。

いまだって息が切れてるのに、これから先、真夏にはどうなるんだろうと思うと、ついため息が出る。荷物は多少重いしね。

肩にかけた古い布のバッグには、子どもの頃好きだった、魔女の子の冒険の本が、三冊入っている。全七巻のうち、その日の気分で何冊か本棚から抜いて持ってくるんだけど、昔の子どもの本だから、ハードカバーで分厚く重い。

この春から、夜はレンタルビデオ屋さん兼本屋さんでバイトしているから、少しは重たいものも持てるようにはなったけれど、まだ全然駄目で、元からいるおばちゃんやお姉さん達に、目で、どいてなさいっていわれることが多い。接客とレジうちも全然駄目で、たぶんPOPを描く役にでも（少しだけど）立っていなかったら、肩身が狭かったろうと思う。あ、あと、子どもの本には詳しいけれど、うちの店は児童書はあまりないから、滅多に役に立てることがない。

二十分なんて半端な時間、どうしたらいいんだろう。頭を焦《こ》がすお日様のせいで、いまいち頭が回らない。元々賢くないし。こんなとき、沙綾《さあや》なら、いくらだって暇つぶしの方法を思いつくんだろうけれど。

（沙綾がいれば……）

ここにあの子がいれば、昔みたいに、ふたりでここに立っていられるのなら、時間なんて、すぐに経ってしまうんだろうけど。

わたしは病棟の方を見上げ、そして自分に軽く舌打ちをした。

目の端に、病棟の陰にある藤棚《ふじだな》が映った。お日様にやられてこれ以上馬鹿になる前に、日陰に行こうと思った。暗い方に。お日様から遠い方に。

その方がきっと、わたしには居心地がいいから。


ずっと昔からあるらしい藤棚の下には、木でできたこれも歴史のありそうなベンチがある。他に人はいなくて、わたしは重いバッグを抱えながら、よいしょ、と座り込んだ。

藤の花は、薄紫色のいい香りの鎖みたいに、ふわふわと頭上に垂れ下がる。

沙綾の家の庭にも、藤棚があったなあ、と、ぼんやりと思う。子どもの頃以来、いっていない家。綺麗で大きな、外国の絵本の中の家みたいな、家。暖炉があって、灰色のペルシャ猫がいて、グランドピアノがあって。庭にはたくさんの花。良い香りの花。名前も知らないような。クリスマスには、本物の樅《もみ》の木のクリスマスツリーが暖炉のそばに飾られていた。翻訳家をしているお父さんの海外のお友達から、たくさん届いて暖炉の上や壁に飾られた、読めない字で書かれた素敵なクリスマスカード。ばあや、って呼ばれてた通いのおばあさんが、毎年降臨節《アドベント》の頃には作っていた、不思議な香りの白いシュトーレン。

あの家には、今も藤棚があるんだろうか。夏には庭に背が高い向日葵《ひまわり》が咲き、立葵《たちあおい》や百日紅《さるすべり》が、咲くんだろうか。昔住んでいた家の、隣にあった家。


ふと、空を小さな黒い影がよぎっていった。

「……つばめだ」

生き物の飛ぶ速さじゃないよね、なんて思いながら、空を滑ってゆく影をみる。つばめの飛び方って、いつも楽しそうで得意そう。笑ってるみたい。何の苦労も知らないみたいな飛び方をする。

「でも、元気そうでいいねえ」

何となく呟いたら、急に涙がこぼれてきて、自分でびっくりした。


ずっと昔に思える、子どもの頃、小学二年生の頃に、つばめが道路に落ちているのをみたことがある。春の終わりの頃。車にぶつかったのかな。それで落ちたのかな。わたしがみつけたときには、片方の翼を轢《ひ》かれていて、ひょっとしたら、他にもどこか駄目になってるのかも知れない、そんな感じで道路で首だけ上げていた。ビーズみたいなかわいい目と、目が合ったような気がした。

そんなとき、きっと童話の主人公だったら、迷わずすぐに走って行って、道路からつばめを助け上げたんだと思う。でもわたしは無理だった。怖かった。

当時住んでいたうちの近くに、古い小さな公園があって、そこの大きな木の陰の、たぶんその木の陰になってるせいで枯れかけている小さな桜の木の後ろで、わたしはしゃがんで泣いていた。そこだと、誰にもみつからないで、泣くことができたから。ゴミ箱のそばの、あんまり綺麗じゃないところだったけど、当時のわたしの秘密の隠れ家だった。

その時は、でも、声を上げて泣いてたと思う。

つばめがかわいそうだった。でも、何よりも、かわいそうだって泣いている自分に偽善を感じて、それが嫌で泣いていた。当時は偽善なんて難しい言葉、知らなかったけれど。

そしたら、あの子が——沙綾が、来てくれた。南波《みなみ》、とわたしの名を呼んで。

後ろから、そうっと近づいてきて、小さい声で「大丈夫よ」っていったんだ。

ふりかえると、あわせたてのひらに何か包むようにしていて、ほら、と、その手を開いた。——血だらけのつばめがいた。

わたしはぎゅっと目をつぶったんだけど、沙綾がわたしの耳元で、もう一度いったんだ。優しい声で、「大丈夫よ」って。そっと目を開いたら、沙綾のてのひらに、つばめがちょこんと座ってた。そして、黒い翼をきゅっと鳴らすと、ふわりと空に飛び立ったんだ。

「ね、大丈夫だったでしょう？」

沙綾は三回目の、大丈夫、をいった。得意そうに少しだけ胸を張って。

枯れかけた桜の木から、花びらがはらはらと散った。

「——『魔法』なの？」

わたしが訊くと、沙綾はにこっと笑った。おとなっぽい黒いワンピースと、風に揺れる赤くて長い髪が、絵本や童話に出てくる魔女みたいだった。

みたい、というか――沙綾は魔女だった。本物の魔女。

わたしの友達は、魔女の子だった。

その頃、わたしたちが好きだった本の主人公のように。


バッグの中から覗いている本に、藤棚から木漏れ日が降りかかる。

表紙の端が方々めくれて、破れたところもある本。手垢《てあか》で艶《つや》が出てしまって、全体的にうっすらと汚れているようにみえなくもなくて。頁《ページ》もところどころ折れちゃってるし。でもわたしには、宝物の、世界で一冊きりの本。

枕元に置いて眠って、旅行に行くときはリュックに入れて。あの頃はいつも、風の丘のルルーと一緒だった。お話の中の赤い髪に空色の瞳の、ひとりぼっちの魔女の子が、わたしの――そして沙綾の友達だった。

もう六年くらいも、前のこと。

今はもう、この本は本屋さんの棚に並んでいることはない。

優しい色彩のパステルで描かれた、ふんわりと笑う魔女の女の子。友達のしゃべるぬいぐるみのくま。ラベンダーとローズマリーの枝を編み込んで、青色のリボンをかけた空飛ぶほうき。異世界から召喚する、無敵の赤い星の杖。辺境の丘にたつ、赤い屋根の小さな家でひとりきり暮らす、優しくてさみしがりやのルルー。

あの頃は、何度も何度も、この子の似顔絵を描いたけれど。

子どもの頃に好きだった本は、おとなになってもずっと本屋さんにあると思ってた。そもそも、棚にある本が毎日入れ替わっているなんて、今のお店でアルバイトするようになるまで、知らなかった。

子どもの頃に好きだった友達とは、ずっと友達でいられると思っていた。

親友の誓いを交わした女の子に、自分にずっと優しかった女の子に、自分がさよならをいう日が来るなんて、思ってもみなかった。


変わらないのは、同じ本をずっと好きだということだけ。

わたしは、『風の丘のルルー』の一巻をバッグから取り出し、そっと胸に当てて、目を閉じる。昔と同じ、紙とインクの、本の匂いがする。

「……遠い昔、わたしたちの王国では、人間と魔女がお互い助け合って暮らしていました――」

書き出しの言葉なら、今もそらでいえる。

魔法の呪文《じゅもん》を唱えるみたいに。


『遠い昔、わたしたちの王国では、人間と魔女がお互い助け合って暮らしていました。

魔女はその魔法の力で、天気を占ったり、良いおまじないをかけたり、魔法の薬を作って病んだ人や怪我をした人を治してくれたりしました。人間はそのお礼に、魔女に畑でとれたものや織った布、魚や肉をわけてあげました。人間と魔女はとても仲良しで、いい友だちで、一緒にお茶やお酒を飲んだり、陽気に踊ったり、お祭りをしたりしたものです。

けれどある時から、わたしたちの先祖の人間は、魔女を恐れ憎むようになりました。

魔女が不思議な力をもっているということ、年をとるのがゆっくりで数百年も生きるほど長生きだということが急に、恐ろしく思えるようになったのです。

「魔女は、人間の子をさらって食べるのだ」

「魔女は、悪魔や悪霊の仲間なのだ」

などというひどい噂まで流れるようになり、やがて、魔女たちは嫌われてゆきました。

当時の王国では長い戦争と天候不良が続いていて、人間の心は不安や恐怖で荒れていました。人は弱いものです。明日をも知れぬ日々、飢えが続く毎日の中でいつか心にうまれた、恐ろしい魔物のような気持ちを誰かにぶつけずにはいられなかったのでしょう。

人間は魔女たちに石を投げて、街や村から追い払いました。捕まえて広場で火あぶりにしました。そうしてたくさんの魔女たちが罪もないのに殺されてゆきました。

長い年月がたって、今はもうこの国では魔女を傷つけることは許されていません。けれど魔女はわたしたち人間のまわりから姿を消してしまいました。わたしたちは先祖の犯した愚かな過《あやま》ちのせいで、魔法の力に助けてもらうことが、できなくなってしまったのです。

魔女たちは、どこにいったのでしょう？

もしあなたの隣に、いつまでも若く年をとらない人や、素敵に当たる占いができる人、効果抜群の不思議な薬を作れる人がいたなら、それは、あの悲しい時代を生きのびた魔女や、その子孫たちなのかもしれませんね。

「子どものための白鳥王国の歴史」より、人間と魔女の悲しい過去について』

目を開け、ぼんやりと空を見上げる。

雲の狭間《はざま》に、何か光るものがみえたような気がして、はっとした。

空を行くのは、不思議な島。あれはルルーのお話に出てきた、古代文明を受けつぐ、魔法使い達の空飛ぶ都市の——。

白鳥の翼を持つ聖なる魔女ルーリアが暮らす都市があるという、飛行島。

わずかの間に、夢をみていたのかも知れない。

わたしは目をこする。初夏の晴れた空には、薄く雲がたなびくばかり。

空飛ぶ都市なんて、どこにも浮かんではいない。

ため息をついて、ふと腕の時計を見る。あわてて腰を浮かせた。

もう二時になる。面会時間だ。

沙綾が待ってる――かどうかは、わからないけど。

わたしなんか、きてほしくないと思っているのかもだけど。

でも、いかなくてはならない。毎日会いに行くね、って約束してるから。

バッグを肩にかけ、立ち上がる。肩紐《かたひも》をぎゅっと握りしめて、病棟を振り返る。そちらに向けて、歩き出す。芝生の合間の、石畳の道を。

藤棚の藤の花は風に揺れる。ふんわりと薄紫の花の鎖のように。

魔法みたいに漂う、甘い懐かしい香り。

また空をつばめがよぎっていった。お日様に向かって。

わたしは建物の陰になった道を、重いバッグを持って歩いていく。

木造の洋館の、その入り口を目指して。

この時間、その玄関や受付の辺りは、ちょうど陰になる。ひんやりとした暗がりを、わたしは目指す。


白と薄緑のペンキを塗られた、大きな木造の建物は、この街にはまだたくさんある、昔に建てられた洋館だ。その壁も薄紫の藤の蔓《つる》が覆って、緑の葉を茂らせてる。黄色い花がみえるのは、あれはたしか木香薔薇《もっこうばら》。何もいわれずに建物だけをみれば、植物園じゃないかと思えるくらいに、見事に茂り、建物の壁を飾ってる。

たとえばモネかルノアールが描きそうな、光と色彩に溢れた、油絵みたいな綺麗な情景だったけれど、壁の日の当たらない方、湿った地面の近くから伸び上がり、白い壁を覆っている木蔦をみるたびに、

（『眠れる森の美女』のお城みたいだなあ）

と、いつも思ってしまう。そこに眠る病んだ人々を守り、包み込もうとする緑と花の群れ。意志を感じる緑の波。

なんてね。


きしむ木の階段をゆっくりと上って行く。面会時間なので、他の見舞客たちともすれ違ったりする。うつむいて胸に抱えた花瓶の水を換えに行く人がいたり、階段を駆け上ろうとしてお母さんらしき人に叱られる小さな子がいたり。

芝が茂った敷地の中に、木造の洋館が三棟並ぶこの病院は、明治時代からあるって、前に母さんに聞いたことがある。街中にありながら、どこか時の流れから切り離されたところにあるような、静かな空間。ときどき感じるアルコールの匂いのせいか、大きな瓶詰めの標本の中に、自分も入ってしまってるような気がするときがある。

うっすらと冷房が効いていて、その上に、天井のそこここには、古い木の羽根の扇風機。

ぐるんぐるんと音を立てながら、ゆったりと空気をかき回している。

三階の、長い廊下の一番奥にある部屋は個室。他の部屋よりも造りが高級な感じで、綺麗な白い木の扉には、「佐藤《さとう》」と書かれた札が下がってる。他の部屋はみんな戸が開け放たれているのに、この部屋だけはいつも静かに扉が閉められたままになってる。

扉の前で立ち止まり、軽くノックをする。今日のこの時間、付き添いのばあやさんは用事でいないってきいてたけど、それでもノックをする。返事がないか、耳を澄ませる。

でも、扉の向こうからは、なんの返事もなかった。

わたしは肩をすくめ、軽くため息をつき、扉をそっと開けた。

「――こんにちは、沙綾。きたよ」

緊張で声が喉《のど》に張りつく。

その部屋の白いベッドには、白い布団に埋もれるようにして、わたしの友達が眠っている。睫毛《まつげ》が長い。頬《ほお》はやつれてはいるけれど、楽しい夢でもみているのかな、口元はいつも微笑んでいる。長い髪はばあやさんがきっちりと三つ編みにしていて、それがお姫様みたいだった。

沙綾は本当にかわいい女の子だった。もしこの子が目覚めていて、優しい笑顔を向けてくれたら、誰だって一緒に笑ってしまいそうな、そんなふわりとした雰囲気のある女の子――それが、沙綾だった。

ベッドの枕元に、薔薇の花が生けられた花瓶が置かれた、小さな木の棚がある。ばあやさんがお花の世話もしているんだ。戸棚の足下には大きなトランク。これは子どもの頃からの、彼女の宝物。骨董品《こっとうひん》の訳ありの、鞄《かばん》だ。

革で作られた古い鞄は、たくさんの物語を中に閉じ込めているように、セピア色の艶で光っている。沙綾とそしてこの部屋の雰囲気とも馴染《なじ》んでいるなあ、と、ここへお見舞いに来るごとに、わたしは思う。いつも沙綾の家の子ども部屋に置いてあった、沙綾の宝物。大切な、旅のトランク。

古いトランクのそばにある寝台で、そっと目を閉じているその様子は、まるで沙綾は旅人で、この病室はどこか外国の綺麗なホテル、旅の合間に休んでいるところのようにみえなくもない。

部屋の窓は、レトロな鋳物《いもの》の細工に飾られた枠に囲まれてて、ガラスの向こうには、木香薔薇の花と葉がみえる。いよいよここが病室ではなく、たとえばどこか海外の保養地とかにある、小さなホテルみたいにも思えてきたりする。ほら、よく雑誌で特集されたりするような、そんな素敵な。

壁に立てかけてあるパイプいすを広げて、ベッドのそばの床に置く。

床に置いた布のバッグから、本を一冊取り出して、いすに腰をかける。

「……今日はね、また一巻を最初から読もうかと思うんだ。ほら、最初の頃、泣いちゃって、ろくに読めなかったでしょう？　だからもう一度。あとわたし、一巻がいちばん好きなんだ。沙綾もそういってたよね？」

わたしは、ハードカバーの本をゆっくりと開き、物語を朗読する。

最初はつっかえつっかえ、小さな声で。

だんだんと、リズムに乗って、うたうような感じで。

遠い昔の、世界の北の方の、どこかの王国にいたという、優しい魔女の子の物語を。

第1話　風の丘のルルー

1　人形遣いのルルー

1

小さな馬車は、古い石畳の道を、鈴を鳴らし、揺れながら進みました。

広い道の両がわには、たくさんの店が並んでいます。どの店もお客さんでいっぱいで、品物をやりとりする賑《にぎ》やかな声が響き渡っていました。街路樹からは紅葉《こうよう》が舞い落ち、青空を鳩が飛んでいます。

ルルーは馬車の後ろの方で、幌《ほろ》から身をのりだすようにしながら、初めてきた街にみとれていました。晩秋の風は、冷たく速く吹いていて、ルルーの柔らかな赤い髪をなびかせました。王国でも北の端の方にあるこの街は、風がもう冬の気配を感じさせていました。

「なんて綺麗で、大きな街なのかしら」

ルルーは、星の模様のとんがり帽子が飛ばないように、押さえながらいいました。帽子とお揃《そろ》いのマントがひるがえります。

その時、膝の上に抱いていた、くまのぬいぐるみがいいました。

『ルルー、喋らないようにしないと、舌、かむよ。この馬車おんぼろだし、ひいてる馬も、馬車とお揃いのじいさんときてるしさ』

ルルーはぎょっとして、ぬいぐるみの口を手で押さえました。

幌の中に一緒に座っていた少年が、きょとんとした顔をして、辺りを見回しました。てのひらに乗せていた白鼠《ねずみ》も辺りをうかがって、ひげを動かします。

少年は、ルルーを振り返って、

「ね、ルルー、きみ、今、なんかいった？」

「え？　ああ——綺麗で大きな街だなあって」

「そのあと。小さい子の声みたいのが、きこえたような気がするんだけど。喋るな、とか、馬車がどうとか、って——」

ルルーは口をふさいだままの、くまのぬいぐるみを見下ろしました。

「あの、カイの気のせいだと思うわ」

そういうと、くまのふかふかのお尻を、こっそり叩きました。

『痛い』とくまが呟くと、ルルーは、笑顔でくまを抱っこするようなふりをして、その耳元にささやきました。「あんたこそ、喋るんじゃないのよ。いいわね？　ペルタ」

御者席の横に座っていた若い娘が、後ろとの境目の布をあけて、ルルーたちの方へ顔を覗かせました。

「怪しい声がきこえたって？」

カイの姉で、レナという名の歌い手でした。レナは、にやっと笑うと、恐ろしげな声をだして、ふたりにいいました。

「カイは、お化けの声をきいたのよ。——知ってる？　この街には昔、魔女の処刑場があってね、魔女がいっぱい殺されたんだから。

火あぶりにされて死んだ魔女たちの怨念《おんねん》が馬車の上に乗っかって——ほら、幌の上の方から、カイをじいっと」

「やめてよ、レナ姉さん」

カイはもともと青白い顔をいっそう青くして、細い声でいいました。「ぼくが、そういう話、まるで駄目なの知ってるくせに……」

レナは楽しそうに笑って、身をのりだし、

「知ってるから、からかってるんじゃないの」

「姉さんの、意地悪」

「あのう」と、ルルーはレナに訊きました。

「——この街に、処刑場があったんですか？」

寒気がしました。鮮やかにみえていた街なみが、くすんでみえました。

レナはおどろおどろしく両手を震わせて、

「そうよ。だから怨念が……」

「レナ、そのへんにしておきなさい」

御者席の男の人がいいました。

ホルトさんというこの人は、カイとレナの父親でした。笑顔の優しいほっそりした人で、馬車を扱うのは不似合いな感じの人ですが、楽器が上手でした。

馬の手綱《たづな》を、何とか操りながら、

「芸術家にしては、話題の趣味が悪過ぎますよ。……それから、バーニイ。そんなにはりきって馬車をひっぱらなくてもいいですったら。おとなしい馬なのになんだって急に。

——わかりましたか、レナ？」

「はあい、わかりました、父さん」

レナは、頰を膨《ふく》らませて答えると、

「でもわが弟ながら不甲斐ないんだもん。同じ十一歳でも、ルルーをみてよ。あたしたち家族と出会うまではひとり旅してたっていうんだから。カイには絶対無理なことよね」

カイはうつむいて、てのひらの白鼠の背をなでました。

ルルーは顔を赤くして、そのあたりにつまれた荷物に手をついて、

「ええと、わたし、そんなたいしたもんじゃないです。誰だって、わたしみたいな立場だったら、ひとりで生きてかなきゃならなくなるだけで。

それにわたしは、本当は……」

十一歳じゃないんです、そういいそうになって、でも、ルルーは口をつぐみました。

レナがまばたきをして、

「本当は?」

「えっと……その、怖い話が、苦手なんです」

「うっそお」と、レナは笑いました。

「でもそれはそれで、かわいくていいかも。ひとり旅ができるくらい勇気がある女の子が、お化けが苦手だなんて……いいわ、それ」

レナは父親を振り返りました。

「父さん、今度、そういう歌を作ってよ」

「なるほど、それは観客にうけるでしょうね」

ホルトさんは、優雅《ゆうが》にうなずくと、もう鼻歌をうたい始めました。

はあ、とルルーは肩を落としました。

カイは鼠に、ポケットから出した向日葵の種をあげています。

この鼠は、どこかの街の裏路地で、後ろ足を折ってうずくまっていたのを、カイがみつけて拾い上げ、治してあげたのだとききました。

白鼠は好物を食べるのも忘れて、『元気だしてよう、あんた、怖がりでも、すっごくいい人だからさあ』と、小さな桃色のてのひらで、カイの手を叩いていいました。人間のカイにはその言葉がきこえないはずなのに、少年はふと微笑んで、鼠の背中をなでました。

この家族は、三人とも黄色い髪をしていますが、父と姉が日差しのような金色なのに、カイだけは藁束《わらたば》のようなくすんだ色をしていました。小さい頃からからだが弱いんだ、と
カイは前にルルーに話してくれました。

レナが、後ろを、振り返りました。

「ちょっとカイ、あんまり風にあたるんじゃないわよ。また、熱だしても知らないからね」

「わかってるよ」

いい方がきつくても茶色い目が優しいことを、返事がそっけなくても喜んでいることを、ルルーは感じました。ぬいぐるみを抱きしめて、「いいな」と、笑いました。すると、

『隣の芝生は青いって奴だよ』

くまのぬいぐるみが、ささやきました。

『家族なんていないほうが、自由でいいって』

カイが顔をあげました。青ざめて、

「ねえ、やっぱり、何かきこえなかった？」

「か、風の音よ。風に乗ってきこえた街の声」

ルルーは通りを指さしました。もう片方の手で、ぬいぐるみの顔が歪《ゆが》むほど、座席に押しつけました。

レナが、「忘れてた」と手を打って、またこちらを振り返りました。

「ルルー、あんたのその、星の模様のマントね、昨日道具箱を整理してたら、綺麗なガラスのボタンをみつけたから、あとでつけかえてあげるわ。古いものなんだけど、薄青の、すごく綺麗な色のガラスなのよ」

「ありがとうございます」

「せっかく魔女の出し物をやるんだもの、少しでも、本物の魔女らしくみえるように、ぱりっとした格好でなきゃだもんね」

「はい。……そのう、そうですよね」

くまのぬいぐるみが、前足でへこんだ顔をおさえながら、ぼそりといいました。

『安物のガラスのボタンなんかつけなくたって、ルルーは立派に本物の魔女だよねえ』

ルルーは、くまのぬいぐるみの口を、両手でがしっとおさえました。

カイが「何してるの？」とききました。

ルルーは笑顔で、カイに訊きました。

「……えっと、カイ、今、また、何かきこえちゃったとか？」

「やだな、ルルーまで、ぼくをからかうの？」

「違うの。そういうわけじゃないの」ルルーは答えると、くまの足をもってさかさづりにして、お尻の辺りを乱暴にはたきました。

「嫌だなあ。くまに埃《ほこり》がつもっちゃったみたいだわ」

「ルルーったら、変な子ねえ」と、レナが笑いました。

ルルーも笑ってごまかしながら、レナの明るい笑い声を、音楽をきくように、うっとりとききました。

（エルナ姉さんは、こんなふうには、笑わなかったな）

2

昔——二十年前に死んでしまったルルーの姉のエルナは、レナと同じに手芸が得意で、同じに優しかったけれど、声をたてて笑う人ではありませんでした。ルルーの髪よりも淡い、茜雲《あかねぐも》のような色の長い髪をして、月のようにひっそりとしていました。
ルルーは座席に座ったまままうたた寝を始めたカイに、そっと毛布をかけてあげました。馬車は石畳の上を走っているので、いささかうるさい音がして、時に歯茎に響くほどに揺れるのですが、旅慣れた少年は、どちらも気にしないようでした。あるいは今さら気にならないほどに、疲れているのかも知れません。顔色の悪さも、こうしてそばにいると微熱があると感じるのもいつものことなので、ルルーにはそのどちらなのかわかりませんでした。

（姉さんも、カイみたいにからだが弱かった）

でもエルナは、生きるため、妹のルルーを育てるために、どんな時も働き続けなくてはなりませんでした。——百年前の魔女狩りで、両親が殺されてしまっていたからです。

魔女は年をとるのがゆっくりなので、当時十歳だったルルーは、その頃まだ赤ちゃんでした。妹を抱いてひとりきり森へ逃げたエルナは、ルルーを、森の獣たちにもらい乳をして育て、木の実や草の実、川の魚で育てたのです。そうして年月が経ち、王国の人々がもう魔女狩りをしなくなったと知ったエルナは、ルルーをつれて街へ戻りました。でも魔女だと名乗るのは怖かったので、手先の器用なエルナは、手芸で妹を養ったのです。

（姉さんは、働き過ぎたんだ……）

エルナの作る服や小物は、どの店でも美しいと評判で、エルナはそれに応えるために、無理を重ねていました。ルルーが夜、いつ目をさましても、エルナは起きていました。どんなに遅い時間でも。夜明けに近いような時間でも。

（姉さんは手芸が大好きだったし、できあがったものを人に喜ばれて嬉しそうだったけど、本当は……）

「もっと昔に、うまれればよかったわ」

それが、エルナの口ぐせでした。

「綺麗なものを作るよりかわいい手芸をするよりも、わたしのふたつのこの手にはできることがあるのにね」

二十年前の、暑い夏。王国の歴史上、こんなに暑い夏はないといわれた夏に、ふたりは、南の海辺の街に住んでいました。エルナもルルーも人のようには年をとらないので、周囲の人に怪しまれないように、何度も引っ越しをせねばならず——でもその夏住んでいた、坂道の多い街を、ふたりはとても気にいっていました。青い空に映える、白い壁と赤い煉《れん》瓦《が》の屋根。優しい街の人達。市場にはとれたての魚と、オリーブの実とレモンにオレンジ。海からの風。

「ずっと、ここにいられたらいいのに……」

エルナがそんなことを呟いたほどに。

でもその街に、酷《ひど》い夏が訪れたのです。

太陽がすべての生き物を焼き殺そうとしていたようなあの年の夏の昼下がり。海が銀色の鏡のように輝いて、目が痛いほどだった日に、エルナがてのひらに小鳥を乗せて帰ってきました。

「何とか、助けてあげられないかしら？」

池や川や、広場の噴水の水が干上がって、小鳥たちがあちこちに落ちて、死んでいました。でもこの子はまだ息があったの、とエルナはいって、ルルーに小鳥をわたしました。

そうして自分は、「疲れたわ」というと、窓辺のいすに寄りかかりました。

ルルーは、はっとしました。てのひらの小鳥はもう死んでいたのです。ルルーは振り返って、エルナにそれを教えようとしました。

けれどエルナは、死んでゆくところでした。眠っているからだの線が、薄く薄くなっていって、最後には淡い光のきらめきだけを残して、そこからいなくなってしまったのです。魔女は死ぬと空気に溶けてしまって、あとに何も残さないものだということを、ルルーはそうして知ったのでした。

（姉さんは、あの夏に疲れていたんだ……）

小鳥だけでなく、子どもたちや老人もたくさん死んだ夏。街角の知らない家々から、弔《とむら》いの悲しい泣き声がきこえるたびに、エルナはうちに帰ってきて、泣いていました。

「わたしなら、助けてあげられたのに」と。

エルナが、街の人達に自分は魔女だといえたなら、魔法の薬を作ってあげられます。死にかけた人でも助けられる生命の薬を。

「でも……そうすれば、今までの暮らしは二度とできなくなる。街の人達は、前のようには笑いかけてくれなくなるわ、きっと」

エルナは、細い声で泣きました。

「それだけじゃない。昔みたいに、石をぶつけられて街を追われるかもしれないわ。友達だった人達からよ。父さんと母さんもそうやって友達に裏切られて……悪いことは何もしてないのに、殺されたの。魔女だった母さんだけじゃない、魔女と結婚したからって、人間の父さんまでも火あぶりにされたのよ。――もう嫌。大好きな人が殺されるのは、二度と嫌なの。わたしは死んだっていいけど、ルルーが殺されるのは、嫌」

　街の人々を魔法で救うことができないかわりのように、エルナはひたすら美しいものを作り続け、そして死んでいったのです。

　それからルルーは、ひとりきりで生きてきました。いいえ、昔、街に捨てられていたのをエルナが拾ってきてくれた、古いくまのぬいぐるみのペルタと一緒にです。引っ越しばかりで友達のいないルルーのために、エルナはペルタに魔法で魂をふきこんでくれました。人前《ひとまえ》ではただのぬいぐるみのふりをしていても、そういうわけでペルタは世の中のことを、何でもみてきいて知っているのでした。

『ぼくの手足にさ、紐をつけてごらんよ』

　エルナが消えてしまったあと、毎日泣いていたルルーに、ある日、ペルタはいいました。夏の終わり、冷たく感じるほどに、涼しい風が吹き始めた頃でした。

『そいで、ぼくが動く通りに、ルルーの指を動かしてよ。人間なんて馬鹿だからさ、そしたらルルーが、天才人形遣いだって、信じこむって』

　エルナの残したお金はあっても、姉とは違って手芸の得意でなかったルルーは、これからどうやって食べていこうかとぼんやりと考え始めていたところでした。迷いながらも、街の通りで、ペルタとふたりで踊ってみたら、これが拍手喝采《かっさい》。そういうわけで、二十年前のその日から、ルルーは人形遣いを仕事とすることになったのでした。

人形遣い、という仕事をしているといいのは、旅から旅への生活を、街の人々が当たり前だと思ってくれるということでした。エルナが手芸をして身をたてていた頃は、引っ越すというと周囲の人々になぜといわれたり、引き留められたりで何かと面倒だったので、これは気分的には楽なことでした。

子どもがひとりだとお客さんがかわいそうがってお金をたくさんくれるのも、何かと贔屓《ひい》《き》にしてくれるのも助かりました。そのかわり泥棒に狙われたこともありましたが、そういう時は「不気味な動くぬいぐるみ」が、泥棒を追い返したり、火の気もないのにその服が燃えだして、素っ裸で逃げ帰ったりする事件が起きるのでした。

3

カイが、咳《せ》き込んで目を開けました。

「……ぼく、寝ていたの？」

「うん。大丈夫？　もう少し寝ていたら？」

ルルーは、カイの背中をなでました。

カイはうなずき、肩の上で丸くなっている鼠に顔をこすりつけ、目を閉じました。毛布にくるまり楽器の入った箱によりかかるようにすると、ふっと、いいました。

「ルルー、今何か悲しいこと、考えていたでしょ？　ぼく、そういうことわかるんだ」

カイは笑いました。「魔女みたいでしょ」

「……そうね。そうかもね」

「ね、ルルー。悲しいことはあんまり考えない方がいいよ。時間がもったいないから」

カイは、ルルーを見上げていいました。「たとえばね、昔の悲しいことを考えたって、それは終わったことでしょう？　今の悲しいことなら、明日には今日よりもっといいことが絶対あるだろうし、未来に起きる悲しいことを考えて悩むのは……一番の時間の無駄だよ。だって未来は、きっと遠い昔に、運命で決まってしまっているんだもの」

カイは、微笑みました。

「だからルルー、幸せなことを考えようよ。同じ時間使うなら、その方がいいと思うよ」

「幸せなこと？」

そういわれても思いつくものでもありません。考え込んでいると、カイがいいました。

「ねえ、遠くの街の話をしてよ。うちの一座がいったことのないような、遠い街の話。ルルーは今まで、ひとりで、いっぱい旅をしてきたんでしょう？

そうだ、魔女がいる街ってないの？」

ルルーは、どきりとしました。

「魔女は……もうこの国には、いないでしょ」

「やっぱり、ルルーもいないと思う？」

カイは、なぜだかがっかりしたようでした。

ルルーは幌の天井を見上げました。今は灯のついていないカンテラが揺れています。

「……ずいぶん前にきいた話だけど、北の辺境に、風野村《かぜのむら》っていって、若い魔女が人間たちと仲良く暮らしている村があるらしいわよ。そこの、風の丘、っていう丘に、魔女は家をたてて住んでいるんですって」

「北の辺境？　それって、この近くなんじゃない？」

カイは、顔を輝かせました。

「そうかな？　ああ、そうかもね。だけど、その村に一番近い街から村までの間は、荒野と森が続いてて、まともな道がないらしいし、狼《おおかみ》がでるらしいから、人間にはそうそうゆけるところじゃないみたいよ」

「でも、そこにいけば魔女に会えるんだ」

「――たぶんね」

「ねえ、どんな村なの？」

「遠い辺境の、森と湖の間にある小さな村でね、住んでる人は、獣や魚をとったり、染めものや織りものをしたりして、暮らしてるんだって。北の寒い村で、助けあわなくちゃ生きてゆけないから、だから村人はみんな、心があたたかくて仲良しなんですって。だから……魔女にも優しいんでしょうね」

北の地の果て、辺境にそういう村があるらしいという話は、昔にエルナからききました。

その時ルルーは、

「そんな、お伽話《とぎばなし》みたいな村があるの？」

と、訊き返したのですが、エルナは微笑むばかりでした。だからルルーは、あれはエルナの作り話じゃないのかと、思ったりもしたものです。でも、エルナは、何度もその村の話をしてくれました。話の終わりには、時どき、

「いつか、風野村を訪ねてみましょうね」といっていました。

憧《あこが》れるような目で、遠くをみつめて――。

(北の辺境かあ。たしかに、ここからは近所なのかもね)

魔女のルルーには森も狼も怖いものではありません。ゆこうと思えばゆけるでしょう。魔女は長生きですから、昔本当にその村があって、そこに若い魔女がいたのなら、今もその魔女は元気でそこにいるのではないでしょうか？

『絶対ないって、そんな村』

ペルタがいいました。ルルーは慌ててぬいぐるみの口をふさぎましたが、幸いカイには

きこえていなかったようでした。

　カイはため息をついて、いいました。

「魔女に会いたいなあ。ぼく、魔法の薬がほしいんだ。元気になりたい。だって、ぼくも何か芸をしたいんだもの。みんなみたいにさ。でも今のぼくじゃ、歌も楽器も駄目だから。ぼくだって音楽を、すごく好きなのにさ」

　少年の背中は不吉なほどに痩せていました。ルルーが得意のタロットで占わなくても、この子がこの先どうなるかわかるくらいに。

　カイは、おとなっぽく微笑みました。

「駄目だよね。きっと魔女になんか会えっこない。だって、ぼくの運命はどうせ……」

　ルルーはひとつ息をつき、

「あのね」と、低い声でいいました。

「運命、って言葉を、人間はあまり口にしちゃいけないって知ってる？」

「――どうして？」

「世界の果てに、運命って言葉が好きな魔物がすんでるんですって。その魔物は、誰かが運命って言葉を口にするたびに、一歩ずつその人間に近寄っていって……」

「近寄っていって？」

「百回めに運命っていった時には、その人の後ろにきているんですって」

「……どんな格好してるの、その魔物？」

「知らない」と、ルルーは答えました。そうして、低い声で、

「だって、その魔物をみた人は、みんなもう……」

「やめてよ。嘘でしょう？　酷いよ」

カイは両腕で毛布を叩きました。

ルルーは笑っていいました。

「ねえ、カイは今までに、何回、運命っていった？　もうその辺まで魔物がきているかもよ？」

「ルルーの意地悪」

カイは毛布を頭からかぶってしまいました。

そのうちに寝息が聞こえてきたところをみると、寝たふりをしているうちに、本当に、寝てしまったらしいのでした。

ルルーは、カイの毛布を直してあげました。

カイのそばかすの浮いた白い顔には、旅の疲れが、影を落としていました。

「――カイは、魔法の薬がほしいのね」

ルルーが呟くと、レナがカーテンを開け、前から顔を覗かせました。

「魔法の薬があったって、カイの怖がりは直らないわよ。――でも、ありがと、ルルー」

レナは、ルルーに微笑みかけました。「あんたと出会ってから、カイはずいぶん元気なの。長い旅暮らしのせいで友達がひとりもいなかったから、今は毎日が楽しいんだろうと思うんだ」

「わたしも」とルルーは、自分の胸をおさえました。「わたしも、みなさんに出会えてよかったです」

「じき宿につくから、それまで寝かせててね。ルルーも寝てなさいよ」

レナの笑顔は、カーテンの向こうに消えました。

ルルーは、はいと答えながら、眠っているカイの長い睫毛をじっとみつめていました。

馬車の揺れと一緒に揺れる細い肩を。

『——自分なら、治せるかもって思ってる?』

ペルタが、ささやきました。

「……思っちゃいけないの?」

ホルトさんの家族と出会ったのは二か月前。草原の真ん中の街道で、ルルーが雨に降られて困っていた時でした。通りすがった小さな馬車に乗っていた家族は、ルルーをひっぱりこむようにしてあたたかい馬車に乗せてくれて、それ以来、気があって、一緒に旅をしているのです。

歌と楽器でお金を稼いでいる一家と、人形遣いのルルーとでは仕事の相性もよかったし、何よりルルーは、この一家が好きでした。

魔女の格好をして芸をするなんて、そう思いついて衣装を作ってくれたのが、レナやカイでなかったら、やらなかったはずです。

（でも……）と、ルルーはため息をつきました。馬車の天井を見上げて。

（そろそろ、お別れしなきゃいけないかな）

人間と同じ速さでおとなになれないルルーなのです。ホルトさんたちがいくらいい人でも、この先も一緒にいれば、ルルーが大きくならないことを、おかしく思うでしょう。

（ひとり旅に戻るのもいいものよ）

ルルーは目を閉じました。――魔女だとばれて嫌われてしまうくらいなら、いい思い出だけを残して、さよならした方がいいのです。

百と十年生きてきた間に出会い、別れてきたさまざまな人達の顔を、ルルーは覚えています。一度いった街には二度といかないようにしていたし、友達になった人とは二度と会わないようにしていたから、記憶にあるのは、出会った時、別れた時のその人達の顔です。もう年老いただろう人や、とっくの昔に死んでしまっただろう人達も、ルルーの心の中では子どものままだったり、若い娘や若者のままでした。

ひとつひとつが宝石みたいに大事な記憶。ホルトさん一家の思い出も、その中に加わるのでしょう。

この二か月の間、秋の初めから終わりまで、古い馬車で旅をしたこと。ある街で、四人家族だとまちがえられたこと。ルルーが珍しく風邪をひいて、家族に夜どおし、看病してもらったこと。目覚めた朝に食べさせてもらった冷たいオレンジの美味《おい》しかったこととか――そういうのをみんな、ルルーは忘れません。

馬車の中で眠っていて、夜中にふと目がさめて、みんなの寝息がきこえた時のあたたかな気持ちは、このあと何十年たっても、きっと思いだすに違いありません。あの家族は今も幸せだといいなあ、という祈りとともに。

(――だけど、この子は……)

ルルーはカイの細い髪をなでました。今まで出会った子どもたちは、ルルーと別れたあと、みんなそれぞれの街でおとなになっていったことでしょう。

でも、カイは――。

(ホルトさんもレナさんも泣くわ。きっと)

エルナが消えていったあの夏の日の気持ちを思いだして、ルルーの胸は痛みました。ルルーには、年月がたつごとに、いつか思うようになっていたことがありました。ルルーがあの時もっと大きかったら、病弱なエルナのために魔法の薬が作れたら、救ってあげられたのではないかということです。

(カイは薬草が手にはいれば、きっと、助けられるわ)

ルルーはカイの寝顔をみつめました。

『馬鹿なことは考えないほうがいいよ』

と、くまのペルタがささやきました。

『人間の命の長さなんて、その子のいう通り運命なんだからほっときなよ。そもそも薬なんか作って、それでその子が元気になっても、ルルーは感謝なんかされないよ。魔女だってばれて、かわいがってくれてた家族たちからてのひらかえしたみたいに嫌われてさ、傷つくのはルルーなんだ。それくらいなら、さっさと別れなよ。その子がまだ元気なうちにさ』

ルルーはペルタの顔を両手でつかみ、思い切り左右に引っ張ってやりました。

4

その夜泊まったのは、街なかの小さな宿でした。あいにく混んでいたので、屋根裏の部屋に通されたのですが、部屋が狭いかわりに、窓から眺める景色は最高でした。夜が更けてゆく街の様子や、石畳の道を、明かりを灯《とも》した馬車や酒場に飲みにゆく人達がいったりきたりするのが、高いところから見下ろせて、ルルーもカイも飽きずに眺めました。

カイが、ため息をついていいました。

「こんなに大きな街、ぼく初めてだ……」

「そうね。本当に大きな街よね」

カイは薄茶色の澄んだ瞳に、夜景の輝きを映していいました。「もう一生、こんなに大きくて、こんなに綺麗な街にくることはないかもしれないな」

「やだな。カイは世の中を知らないから」

ルルーは、カイの背中を叩きました。「世界にはね、もっと大きな街も、もっと綺麗な街も、山ほどあるのよ」

カイは白鼠を抱きしめ、弱々しく笑って、ルルーを振り返りました。

「でも、わかってるんだ。ぼくはもう……」

「カイ。運命の話をしたら――」

「やめてよ。忘れかけてたのに」

人通りがなくなって、青い月明かりだけが街を照らしだす時間になると、レナが、「ほら、ちびたちはもう寝なさい」と、ふたりを寝床へと追いやりました。

それからおとなふたりは、テーブルの上の小さな明かりをつけて、ホルトさんは楽器の手入れを、レナは縫いものをしました。声をひそめて話したり笑ったりしていましたが、そのうち、明かりを消して、ふたりとも眠ってしまいました。

カイと一緒の寝床に寝ていたルルーは、寝付かれないまま横になっていたのですが、閉めた古い窓の隙間から細くさしこんでくる月の光をみているうちに、ふと身を起こしました。

　家族たちは、よく眠っています。

　幸せそうな寝息をたてて、眠っていました。ここのところ、ずっと移動をしていたので、久しぶりにたどりついた大きな街の、揺れない寝床です。夕飯に食堂でいただいた、油と香草で煮た熱々の魚も添えられた野菜もパンも美味しくて、おなかがくちくて、みんなが幸せな夜でした。

　ルルーはそっと寝床を抜けだし、裸足で床に立つと、窓を開けて月をみました。青白い月は、いつみても同じ顔をして、ルルーを見下ろしていました。この一家に出会う前に、ひとり旅をしていた時にみたのと同じ顔――エルナが生きていた頃に遠い街の白い壁の家の窓からみたのとも同じ顔――きっとルルーが知らない昔から少しもかわらない顔をして、静かにこちらをみています。

　夜風が吹き込んで、カイがからだを丸くしてくしゃみをしました。胸元では鼠も小さなくしゃみを。ルルーは微笑み窓を閉めようとして、ふと気づきました。

（ここから屋根の上に、でられそうだわ……）

　窓を抜けて、薄い瓦を踏んでゆけば、何とか上にあがれそうでした。

　このまま寝床に戻っても、眠れそうにはありませんでした。ルルーはそうっと、窓を抜けだしました。ペルタがついてきました。

冷たい屋根の上に座って、ルルーは街を見下ろしました。大きな街は、青白い絵の具で描いた絵のように静まりかえっていて、ルルーひとりだけがこの世界の住人のようでした。

(姉さんの刺繍《ししゅう》に、こんな風景があったわ。青一色の、夜景のタペストリー。建てものと、月と星だけで、だあれも人がいないの……)

遠い日に、そのタペストリーをみた時は、ただ、綺麗だとしか思いませんでした。

ルルーは、古い歌をうたいました。

エルナが好きだった歌でした。

……わたしが探すのは
遠い山の彼方
夕焼けの野の向こうの
月影が落ちるところ

そこには古い都が
青い眠りの波の底で
明日を夢みているの

夜明けの鍵をなくして

白い馬に乗って　白い鳥を抱いて

閉ざされた門を　開きにゆこう

鐘の音《ね》とともに　都は目覚めて

永遠の朝が訪れる

遠い都に……

「古い歌を知ってるのねえ。『月影の歌』なんて、それたしか、百年も昔のはやり歌よ」

瓦を踏む音がして、レナが姿を現しました。窮屈《きゅうくつ》そうに身をちぢめて、ルルーの隣に座ると、「ほら」と、星の模様のマントをかけてくれました。

「風邪ひいても、知らないから」

自分も寒そうに、いいました。

「あ、ありがとうございます……」

ルルーはマントに顔をうずめました。

レナはその隣で、月を見上げて、

「でもまあ、ほんとに綺麗な月ねえ。屋根の上でお月見したくなるのもわかるわ。——けど、月みてると悲しくならない？」

「——はい」

レナは、どこか懐かしそうに月をみて、

「あたしね、月をみると、忘れものをしてたことを思いだすような気がするの。大事な大事なことを忘れてる——そのことを思いだして、しまったって思うような感じがする」

「大事なこと？」

「忘れられた約束、っていうのかな？　どこかあたしにはいかなくちゃいけないところがあって、ほんとはこんなとこにいちゃいけないのに、っていうような。地上のどこかに、あたしのために用意された宝物みたいなものがあって、あたしはそれを探しにいかなきゃいけないはずだったのに、って思うのよ」

「——『月影の歌』みたいに？」

レナは微笑んで、頬杖をつきました。

「そう。世界のどこかで、幸せの国があたしを待ってるの。もしかしたらね」

レナは、低い声でうたいました。

『月影の歌』でした。

歌は静まりかえった街を明るい色で塗り替えてゆくように響いてゆきました。それはまるで、春の、雪どけの水のような声なのでした。

近くの通りを、ひょいと曲がってきた酔った男の人が、「姉ちゃん、うまいぞ」と、上機嫌な声で叫びました。

レナは屋根の上から大きく手を振って、

「ありがと。明日広場でうたうからきてね」

ルルーは、レナが屋根から落ちないようにおさえながら、いいました。

「あの……なぜ、旅なんかしてるんですか？」

「幸せを探す旅？」

「じゃなくて……」

「ああ、あたしたち一家の仕事のこと？」

ルルーは、控えめにうなずきました。

一緒に旅するようになってから、ルルーには不思議なことがありました。なんで、こんなに歌や楽器が上手な人達が、旅暮らしなんかしているのか、と、いうことです。

ルルーは旅暮らしの芸人達の腕を低くみているわけではありません。でも、レナの歌とホルトさんのバイオリンは、街の広場や村のお祭り、市場なんかできかせるのはもったいないものだと思えるのです。

レナよりもずっと歌の下手な人が、歌姫とあがめられて、綺麗なドレスを着て舞台にたっていることを、ルルーは知っているのです。

レナは、くるんと目をひっくり返して、

「あたしたちくらい芸が達者なら、ほんとはもっといい暮らしができるって思った？　どっかの街に、お屋敷建てて暮らすとか」

「――えっと……」

ふふっ、とレナは笑いました。

「昔はそうだったのよ。六年前――あたしが、ルルーくらいの年の頃まではね。カイは覚えてないみたいだけど、その頃、あたしたちはこの街よりももっと大きな街で暮らしてたわ」

レナはそういうと、月をみました。

「父さんは作曲家で、バイオリンの先生をやってたの。お金持ち相手の仕事だったし、それなりに裕福だったたわ。あたしは髪にリボンをつけて、絹のドレスを着て暮らしてた。素敵な人形の家も持ってたなあ。

でもねえ、ある時からだの弱かった母さんが死んじゃってね。

父さんは楽器が弾けなくなっちゃったのよ。にこりとも笑わなくなっちゃった。うちから一歩も外にでなくなったし、ご飯も食べなくなっちゃった。毎日水を飲むみたいに、お酒だけ飲むの。それが、全然美味しそうじゃないの。ほんとは毒をあおりたいみたいな目をして飲み続けるんだなあ」

「あの……ホルトさんが……？」

「そうなのよ。あの父さんが。あたしは父さんも死んじゃうんじゃないかって怖かったわ。小さかったカイと抱き合って、毎日泣いてたわ。

そんなある日に、あれは庭に水仙が咲いてたから、春だったかな。通りを手まわしのオルガンを抱いた芸人さんが通りかかってね、賑やかに演奏しながら、うちの前を通り過ぎたわけ。そしたら父さんがとびだしたの。芸人さんのあとを子どもみたいについていって、公園でその音楽をきいたの。その次の日からよ。父さんは急に元気になって、バイオリンがまた弾けるようになって、で、旅芸人になったの。あたしとカイをつれて、お屋敷を捨てたわけ」

「――どうして？」

さあね、とレナは肩をすくめ、首を振りました。

「父さんの心の中で何があったのか、今でもわかんないの。ただね――あの日オルガンの音色の中に、父さんがなくしていたものが……見失ってたものがみえたんじゃないかなって、今は、そんなふうに思うのよ。で、そのあとを追いかけたくなったんじゃないかって。たぶんそれが父さんの月影の都なのよ」

「――レナさんは、それでいいんですか？」

軽くうなずいて、レナはのびをしました。

「あたしは今の自分が好きよ。今のカイもね。たぶんあのままお屋敷で暮らしてたら、ふたりとも、ろくな人間に育ってないと思うしね。カイの病気もね、街の屋敷で薬ばっかり飲んでた小さい頃よりも、よほどいいのよ。

それとあたし、空は広いほうが好きなの。どんなに豪華な劇場でも、屋根があるでしょう？　同じうたうなら、屋根のないところがいいなあ。月や星や太陽がみえて、風が吹き渡るようなところがね」

ルルーは自分の星の模様のマントをみつめました。ぬいつけられたガラスのボタンや、ビーズが、月の光をうけて輝いていました。ガラスのボタンの薄青色は、ルルーの目の色とお揃いの、ルルーの好きな空の青でした。

レナによりそっているところから、柔らかく、あたたかなぬくもりが伝わってきていました。

レナは、夜景を優しい目で見下ろしていました。

「誰もが月影の都を探しているのかもしれないわね。自分のための宝物の眠ってる場所を。それぞれの幸せの都を、探しているの」

ルルーは、うつむいて呟きました。

「幸せは、どこにでもあるんです。今更探したりしなくたって、みんな十分に幸せなのに……」

「──十分に、幸せ？」

ルルーは、レナの服のはじっこに気づかれないように指先をふれながら、いいました。

「幸せっていうものは、人間がみんな持ってるもので、でもそうだってなかなか気づかないものだと思います。……家族や、好きな人のそばにいつまでもいられるっていうこと、遠く離れてても、その誰かのために祈れるっていうこと。──そんなものだと、わたしは思うから……」

「ルルーは、幸せじゃないの？」

「今は……」

レナの柔らかな指が、ルルーの手を握ってくれました。そっとマントの上から抱きしめて、肩を引き寄せてくれました。

「もう寝ましょう。月の光にあんまりあたっていると、さみしくなるからね……」

2 幻の薬

1

次の日は、街の大通りのそばの広場で、ホルト一座の出し物がありました。

ホルトさんはバイオリンでワルツを弾きました。その日の青空よりも、もっと輝く音がしました。レナはタンバリンを叩いて、うたい踊りました。秋風よりも、澄んだ声でした。そしてルルーは、星の模様のマントを翻《ひるがえ》してペルタとふたりで踊りました。空には今日も、街路樹の紅葉が舞っています。

ホルトさんが、集まってきた人々を見回して、楽器を奏でながらうたうように、

「こちらは小さな魔女の踊りです。世界で最後のかわいらしい魔女の子ですよ。友達の賢いくまのぬいぐるみにも、ご注目くださいね」

ルルーが偽物の魔法の杖を振るのにあわせて、ペルタが宙がえりをすれば、集まってきた子どもたちは大喜びです。それにあわせて馬車の上からカイが花を降らせました。馬のバーニイも曲にあわせて前足を鳴らします。

「すごい、魔女だ。伝説の、本物の魔女だ」

子どもたちの目が、あんまりきらきらしているので、ルルーは、空を通り過ぎようとし

ていた鳩の群れを、心の声で呼びとめました。

『ねえ、よかったら協力してほしいの』

いたずら好きの鳩たちは、すぐに戻ってきて、ルルーが杖を動かす通りに、空を左右に舞ったり、急降下して子どもたちの頭上をかすめたりして、子どもたちを喜ばせました。

やがて、ホルトさんの楽器やレナの歌をしみじみと聞いていたおとなたちや、魔女だ魔女だ、と騒いでいた子どもたちが帰っていったあと、ルルーたちは石畳やルルーの帽子に投げられたお金を拾いあげました。

レナが口笛を吹いて、「気まえがいい街ね」といいました。

ルルーも驚きました。銅貨や銀貨の中に、なんと輝く金貨が一枚交じっています。

ホルトさんが嬉しそうに、

「豊かな街ですね。しばらくこの街で興行すれば、冬にどこかあたたかい街で暮らせる程度には儲《もう》かるかもしれない」

レナがうなずいて、

「そうね。その街で、カイを、いいお医者さんにみせられるわね」

「……いいよ、ぼく」と、口ごもりながら、カイが馬車の屋根からおりてきました。「お医者さんはもういい。ぼくのために、いままでずいぶんお金を使っちゃったじゃない？」

レナが、ちゃかすようにいいました。

「そんなことといって、苦い薬が嫌なだけでしょ？」

「ぼくは真面目なんだ。怒るよ、姉さん」

低い声でカイはいいました。そして、うって変わった、明るい声で、「わかってるんだよ」と、いいました。

「わかってる。ぼくも母さんと一緒で、お医者さんじゃ治せない病気なんだ。だからお金は、みんなが、もっといいことに使ってよ」

父親と姉を見上げて、「お金がたまったらね、父さんは上着を買いかえたほうがいいよ。姉さんは年ごろなんだから、衣装をもっと上等なの買いなよ」

レナは、腰に手をあてて、いいました。

「あたしは顔が上等だから何着てもいいのよ」

ホルトさんも上着の衿《えり》を直しながら、

「父さんも今の上着は芸術的で気にいってる」

「――じゃ、ルルーに何か買ってあげて」

カイはルルーを振り返りました。「ルルーは、ぼくの初めての友達なんだから」

「わたしは……」とルルーはうつむきました。

「わたしはほしいものは……別にないから」

「本当に？」覗き込むカイの瞳は透き通っていて、ルルーの心の中を見通すようでした。

ルルーは、思わず目をそらしました。

「だいたいわたし……その、いずれ、近いうちに、みなさんとお別れしなきゃならないと思うので、そんなわたしにお金使うのはもったいないです」

え、と、家族三人が、それぞれにルルーをみつめました。ひどく驚いて、傷ついたような、信じられないというような表情で。

しまった、と、ルルーは身を引きました。

（もっと……いいようがあったわよね）

ホルトさんが、背の高いからだをかがめて、ルルーに優しく訊きました。

「わたしたちを嫌いになったんですか？」

「いえ、そうじゃ……そうじゃなくて」

ルルーは、いいわけを考えました。「わたし、あ、姉のお墓まいりに、長いことといってないので、もういかなきゃと思って……」

「あら」と、陽気に、レナがいいました。

「なら、この街で興行がすんだあと、あたしたちと馬車でゆきましょうよ。お姉様のお墓は南の海辺の街にあるんでしょ？　あ、考えてみたらあの街はあたたかな保養地よ。そのままみんなで冬越しをすればいいんだわ」

ホルトさんもうなずきました。

「子どもひとりで南への街道をゆくのは危険です。一緒にゆきましょう。それに……」

ホルトさんはルルーをみつめました。レナの方をみて何やらうなずきあうと、咳払いして、あらたまった感じでいいました。

「ルルーのお姉さんのお墓に挨拶《あいさつ》にゆきたいと思っていたところだったんです。妹さんをわたしの家族の一員にくわえさせていただいてもいいでしょうか、とうかがうために」

ルルーは、目の中に星がとびこんだんじゃないかと思うくらい、驚きました。

辺りの風景が、まばゆくみえます。

「あのう……今、なんて？」

ホルトさんは、照れたようにいいました。

「ルルーに、うちの子になってほしいということです。このままずっと一緒にいましょう。実はね、家族三人で、何度か話しあっていました。――ええ、つまりですね、わたしたち家族としては、小さなあなたがひとり旅をするのをほっとくわけにはいかない。想像するだけで、胸がどうかなりそうで。そうしてわたしたちは、かつて妻を――家族を失っている。ルルー、あなたもご両親とお姉さんをなくしているといいましたね。わたしたちは、お互いの悲しみがわかるんじゃないでしょうか。一緒に暮らせばきっと幸福に……いやもちろん、あなたが嫌じゃなければの話ですが」

「当然、嫌じゃないわよね？」

うたうようないい方で、笑顔のレナが訊きました。白鼠を手に包むようにしたカイが、ルルーをみつめて、一言、いいました。

「ルルー、ひとりぼっちはさみしいよ」

ルルーは、地面をみつめました。

海辺の街には、二度と帰るつもりはありません。あの頃に、長く暮らした街なので。そして、本当には、あの街にはエルナの墓はありません。エルナはあの遠い夏の日に、空気に溶けて、消えてしまったのですから。

そうしてルルーもまた、そういうものなのです。死んだらもうそれっきり。世界から消え失せてしまう、魔女の子なのです。

ルルーは、両手を握りしめました。

「あの……わたし、びっくりしちゃったので……少しだけ、考える時間をください」

そう叫ぶと、その場から逃げだしました。

2

広場の近くに、立派な植物園がありました。そばには大きな川が流れていて、石造りの見事な橋がかかっています。ゆきかう人の足音や、馬車の車輪の音をききながら、ルルーは橋の低い手すりにもたれかかりました。秋の風が髪を揺らしました。

肩に乗ったペルタがいいました。

『あの人間たちは、お人好《ひとよ》しなだけだよ。かわいそうな子どもに親切にしたいだけ。それがルルーじゃなくてもいいんだよ。雨降りの街道で拾ったのが別の子でも、きっとその子を家族にしたいって思ったと思うよ』

「そんなことは、わかってる……」

ルルーは目をしばたたいて、川をみました。

魔女の仮装をした自分が、映っています。白鳥たちが、ゆっくりと泳ぎながら水面に波紋を作り、その姿を消しました。

「ただ……魔女だってこと、黙ってたらどうなるかなって、ちょっとだけ、思った」

『いつか未来にばれて、ルルーが傷つくだけだよ。その時は今よりももっとあの一家と仲良しになっててさ、余計に辛《つら》いよ』

「ばれたら……いけないのかな？」

ルルーは石の手すりを握りしめました。

「あの人達なら、魔女だってわかっても、許してくれないかな？」

『無理、絶対無理』

ペルタは冷たい声で、いいました。『人間は、魔女を殺したいくらい、嫌いなの』

「でも、それは昔のことでしょ？　百年も前のことだわ。人間は、優しくなったわ。魔女のことだって……懐かしく思ってるみたい。さっきだって、広場の子どもたちは、わたしの魔法であんなに喜んだし、カイは、あの子は、魔女に会いたいっていったじゃない？」

『現実にはいないものだと思ってるから、みんな、夢をみるんだよ。ルルーが魔女だってわかれば、みんなきっと、ルルーを嫌がるって』

ペルタは、きっぱりいいました。『人間なんて、冷たいもんだよ。すぐにてのひらを返す。……別にぼくが昔人間に捨てられたぬいぐるみだから、いうわけじゃないけどね』

ルルーは、ずっと川をみつめていました。長い間、そうしていました。

やがて、弾んだ声でいいました。

「わたしね、薬草を探そうと思うの。ここの植物園に、いい木や草があるって、魔女の勘で匂うのよ。きっといい薬が作れるわ」

『植物園の植物って、とっていいの？』

「……本当はいけないと思う」

でも、野山に薬草を探しにゆく時間はないのです。ルルーはため息をつきました。

「とりあえず、カイの薬を作ろうかなって思うのよ」

面倒なことはあとで考えようと思いました。

ペルタが、意地悪な声でいいました。

『薬作っても、あの子になんていって飲ませるの？　実はわたしは魔女でした、さあこの魔法の薬をどうぞ、って、そこで告白しちゃうわけ？』

ルルーは口ごもりました。

「うう。甘い味つけにして、ジュースだから飲んでっていうわ」

そういいきって、植物園に向かって道を走りながら、ルルーは我ながらいい考えだと思いましたが、ああ、でも、考えてみたら謎のジュースを飲んだカイが、その直後に急に元気になったら、その時点で、ジュースの正体がばれるのは確実です。そしたらルルーの正体だって……。

（……どうやって飲ませるかも、あとで考えるわ。もういいの、何でもあとまわしよ）

風にマントをなびかせながら、石畳の道を駆けてゆくと、ふたりの老人とすれ違いました。装いからして旅人らしい男女で、ふたりはルルーをみると、顔のしわをさらにふやして嫌な顔をしました。

おじいさんが、いいました。

「嫌らしい。魔女みたいな格好して」

おばあさんがうなずいて、大きな声で、

「嫌だねえ。本当に魔女なんじゃないの？　あんな赤っ毛に魔女が多いってきいたことがあるよ」

ルルーの心臓は、びくっとしました。周囲の人達がこっちをみているような気がします。星の模様のマントがひどくめだつように思えて、ルルーは、うつむいて歩きました。夕方の日差しをうけて石畳に長くのびる影が、他の人達と違ってみえるようでした。

植物園に駆け込んで、木の陰に隠れるとほっとしました。

ルルーは大きな樅の木の幹に寄りかかり、息をつきました。腕に抱いたペルタが、

『ほら、人間の本心なんてあんなもんだよ。百年前も今も変わってやしないって』

「気にしないもの」と、ルルーはいいました。

顔をあげて歩き出しました。

「あれは、特別に意地悪な人達なんだわ。わたし、あんなにどきどきする必要なかったのよ。別に、悪いことしようとしてるわけじゃないし」

『植物泥棒は？』

「――あんた重いから、捨てていこうか？」

『やだなあ。冗談だってば』

ペルタは笑いましたが、心配そうに、『ね、ぼくのこと捨てたりしないよね？』

ルルーは考えるふりをして、いいました。

「まあ商売道具だもん、仕方ないわね」

『そうだよねえ、大事なかわいい商売道具だもん』

「いつかもっとかわいいぬいぐるみをみつけたら、どうするかわかんないけどね」

ペルタは黙り込み、ルルーはこっそりと笑いました。

広い植物園でした。世界中のいろんな植物が集められていて、それぞれに名前の札がつけてあります。ルルーは、そのあちこちから、枝や葉を、謝りながら、少しずつちぎり、折りとりました。魔女のルルーには通り過ぎるだけでも、薬を作るのに必要な植物がわかるのです。

「申し訳ないけど、ここって助かるわ」

カイの薬を作るための材料が、わずかな間でそろいました。あとはこれを煮て、漉《こ》せばいいだけです。腰のベルトに下げた袋に材料を隠して、ルルーは今度は急ぎ足で、植物園の外へ向かいました。ひとけのない場所なのか、誰ともすれ違いませんでした。

「でも変だわ」と、ルルーは呟きました。「さっきから、何だか人の気配がするの。悲しそうにため息をついたり、すすり泣いたりする声とか」

たまに背中が寒くなります。理由もなく怖くなったり、足が重くなったりもするのです。

植物園をでようとした時に、入る時は気づかなかった石碑に気づきました。

ルルーは前に回って、石碑に彫りこまれた字を読んでみました。

『魔女の処刑場跡地』

ルルーは、その場に座りこみました。

3

宿に帰ってからもルルーは青ざめていました。宿屋の一階の食堂で夕食のテーブルについた時は、手が震えて、木のさじが落ちました。

レナが、心配そうに訊きました。

「どうしたの？　――何か、あったの？」

「いいえ」と、ルルーは答えました。

「ただちょっと……か、風邪気味で」

「うわあ、しまった」と、レナは、いすの背もたれにそっくり返りました。

「あたしがついていながら、昨夜《ゆうべ》、夜風に長くあてちゃったものねえ」

「違うんです」と、ルルーは必死になって、

「植物園が……いえ、綺麗な川が流れてて、考えごとをしながら、橋の上から、川をみてたから……ずっと。それで、風が冷たくて」

家族がみんなでルルーをみつめました。

ホルトさんが、優しい笑顔でいいました。

「この街には、まだ当分いるつもりですから、考えごとはゆっくりしていいんですよ」

あたたかな声が、言葉が、ルルーには、刃物をつきつけられたように感じられました。

(みんな、わたしの返事を待っているんだわ)

先延ばしにしていても、昼間訊かれたことに、いつかは返事をしなくてはならないのは、同じなのでした。

(わたし——わたし、どうしよう?)

ぎゅっと目をつぶると、さっきの老人達の顔が、石碑の文字が目に浮かびます。

植物園で心にきこえた、悲しいため息や、すすり泣く声が。

(魔女は、死んでも魂は残らない……でも)

強い想いは、大地に焼きついて残るから、あの植物園には魔女たちの最期《さいご》の想いが染みついているのです。その悲しみや恐怖の声が。人間たちがどんなに後悔し反省し、どんなに土地を綺麗にして木を植えても、年月がたっても、魔女達の最期の想いは消えやしないのです。

(父さんや母さんも、悲しかったよね。何も悪いことしていないのに、殺されて……)

顔も声も覚えていないその人達のことを思いました。その人達の最期の心を——。

「ルルー」と、カイが心配そうに声をかけました。「気分が悪いなら、部屋で寝ていたら? ぼく、あとでご飯を持ってってってあげるよ」

優しい声にすがりつくような思いで目をあげると、そこに、嘘つきのルルーを心配してくれている、優しい家族たちの顔がありました。

ルルーはほっとして、同時に、氷にふれたような、ひやりとした怖さも感じました。

（人間なんだ。この人達も……）

両親は、人間の友人達に裏切られたのだと、エルナはいっていました。隠れていた場所を密告されて、そうして捕まったのだと。街の広場でさらし者にされて、焼き殺された。誰も助けてくれなかったのだ、と。

ルルーは身を引いて立ち上がりました。驚いたように見上げる家族たちから目を背けて、逃げるようにして席を離れました。

上の客室にあがる階段をのぼり始めた時、

「――お客さんたちですかね？　いい薬や医者を探してるっていうのは」

どこか聞き覚えのある声がしました。

階段の途中から食堂を見下ろすと、それは夕方に、植物園のそばの道ですれ違った、あのふたりの老人達なのでした。食堂の入り口に立っています。

老人達は、あの時とは別人のような笑顔で、急ぎ足で歩み寄りながら、ホルトさんに、

「わたしら、旅の薬屋なんですが、さっき宿のご主人から、からだの弱い坊っちゃんを案じてるお客さんが泊まっているってききましてね」

ホルトさんはルルーの方を気にしながら、

「――ええ、いろんな薬を飲ませたり、医者にみせたりしているんですが、どうもよくないのです。何かいい薬でもお持ちなのですか？」

老人達はお互いに目をみあわせて、重々しい手つきで持っていた布の袋を開けました。金色の液体の入った小さなガラス瓶がひとつ、ことんとテーブルの上におかれました。

おじいさんが、低い声でいいました。

「……ここだけの話、ご幼少の折、病弱であらせられた、とある王国の王子様が、ひと口で元気になられたという幻の薬です。本来なら城の外へはだせない代物《しろもの》なのですが、城の薬剤師が――わたしの友人なんですがね、不幸な子どもたちを救いたいと命を懸けてひそかに持ちだしたというわけで。その友人から、わたしらが、特別に譲ってもらったうちの、これが最後のひと瓶なんですよ」

「最後の……」と、レナが呟きました。

ホルトさんがくいいるような眼差しで、ガラス瓶をみつめました。

おばあさんが、近くの席に座りながら、目を細くして笑いました。

「からだの弱いお子さんは、世間にたくさんおりますんで、この最後のひと瓶を、一体どなたにお譲りしようかと夫婦で悩んでおったんですが、いいご家族に出会えましたわ。薬が入り用だというのは、この坊ちゃんですかな？

おお、これは賢そうで、とてもかわいらしいお坊ちゃんだ。でもまったく顔色が悪い。

今にも……いやいやいや。

――失礼ですが、お客さん、奥方さまは？」

ホルトさんが、言葉を噛《か》みしめるように、

「昔に、病気でなくしました」

「天にいらっしゃるその方の、おひきあわせでしょう」

老人達は、ふふ、と笑いました。

ホルトさんの顔に赤みがさしました。

「わたしどもに、その薬を売ってくださるのですか？」

「ええ。――金貨百枚で」

家族たちの表情が、凍り付きました。

ルルーもびっくりしました。少なくともルルーは、今までにそんな大金をみたことがありません。それだけの金額なのです。

ホルトさんが、首を振っていいました。

「今のわたしどもには……その金額は……」

老人達は、わざとらしくため息をついて、「そういうことなら、残念ですが――」

席を立ち上がろうとしました。

ホルトさんが拝むようにして、それを引きとめました。

「せめて……せめて、五十枚にまけていただけませんか？　いえ、それも、今のわたしどもにはすぐにはお支払いできませんが……春、そう春まで待っていただけたら、借金してでも、何とかお金を作ります」

「お願いします」とレナも頭を下げて、

「春まで、薬を誰にも売らないでください……」

振り絞るような声でいいました。

ルルーは、階段の手すりに手を置いたまま、ただそれをみていました。

老人ふたりは、「どうするかね」といいながら、お互いの顔をみました。その顔が、一瞬笑ったように、ルルーにはみえました。

おばあさんが、咳払いをしました。

「わたしらも商売だし、これが最後のひと瓶だから、ほんとは困るのだけれど……」

「ああ、おまえ。ここはひとつ、人助けだと思って、このご家族におわたししようか？」

「ありがとうございます」と、ホルトさんとレナが、深く頭を下げました。

「ぼく……ぼく、そんな薬、いらないよ」

カイが、青ざめた顔でいいました。「――きっと効かないと思うから、いらない」

老人ふたりが笑って、「馬鹿なことというもんじゃないよ。薬はありがたく飲むもんだ、かわいいぼうや」

無理やりに、カイの頭をなでました。

ホルトさんは、財布から金貨を一枚だしました。今日稼いだそれが、手持ちのたった一枚の金貨だと、ルルーは知っていました。

「これを、手つけの金だということで……」

老人達はにやりと笑い、皺だらけの手を広げて、それを受け取ろうとしました。

ルルーは、階段を駆け下りていました。

「ちょっと……ちょっと待ってください」

老人ふたりが、怪訝《けげん》そうに顔をあげました。

おじいさんが思いだしたように、

「ああ、さっき通りで会った、魔女みたいな子か」

胸の奥がずきりと痛みました。

「――みなさんのところのお子さんでしたか？」

ホルトさんが胸をそらして、「うちの子です」といってくれました。だからルルーは、その場にふみとどまることができたのです。

ルルーはガラスの瓶を手にとりました。

金色の水が揺れる瓶を一日みて、いいました。

「――これ、薬じゃない。蜂蜜《はちみつ》酒です」

老人ふたりの顔色が、さっと変わりました。

おじいさんが、ごまかすように笑いながら、いいました。

「いやまあ、たしかに色は似ているかもしれないねえ。でも、お嬢ちゃん、疑うんなら、ふたを開けてみてもいいよ。薬の匂いがするからねえ」

ふたを開けると、たしかに薬らしい匂いが辺りに漂いました。

でも、ルルーは、

「蜂蜜酒に——青あざみの根と薄荷《はっか》と、黄色飛燕草《ひえんそう》の葉で、匂いをつけたんでしょう？」

老人達は口をぽっかりとあけ、蠟細工《ろうざいく》のような顔色になりました。

ルルーは、瓶を握りしめました。

「……黄色飛燕草は、毒草なのに」

ホルトさんが立ち上がりました。老人達を見下ろして、低い声でいいました。

「今の話は、ほんとうですか？」

「……いや、その……」

「わたしたちを、騙《だま》そうとしたんですか？」

レナが血相をかえて立ち上がり、「毒草入りの薬を売ろうとしたってわけ？」

ふたりに見下ろされて、老人ふたりは、おどおどとちぢこまりました。

その表情と態度が、すべてを語っていました。

ホルトさんが大きくうなずきました。

「さては何度も人を騙してきた詐欺師ですね。この街の、然るべきところへつきだしてやりましょうか」

「そうね。こんな奴ら、きっと死刑よ」

冷たい口調で、レナがいいました。

老人ふたりは震えあがりました。

おばあさんが血走った目をして叫びました。

「こ、この薬が偽物だって証拠はないわ。その赤毛の子が、好き勝手いっただけじゃない？」

「そ、そうだ」とおじいさんも叫びました。「赤毛の子、魔女の仮装をしている子。あんたどうして、偽物だとか、毒草がはいってるとか、いいきれるんだ？」

目を見開き、ルルーを指さしていいました。

「そんなことがいえるのはな、魔女だけだ」

ルルーはよろめいて、後ろに下がりました。

「なんてことをいうんですか。失礼な」

ホルトさんが、おじいさんにつかみかかりました。レナがそれを止めようとしながら、

「まったく、よりによって、魔女だなんて」

逃げようとしたおばあさんを捕まえました。

騒動をきいて、宿の人達が調理場の方から走ってきました。上の部屋の方からは、他のお客さんたちも、なんだなんだと階段を下りてきます。

詐欺師の夫婦は、観念したようでした。

ルルーはそれを立ち尽くしてみていました。

ホルトさんが、笑っていいました。

「本当に、酷いことをいう奴らですよね？」

レナもカイも、まだ怒っていました。

ルルーは人の輪の中で、口ごもりました。

「わたしは」胸を押さえていいました。「そう、わたしは、魔女なんかじゃ、ありませんいった途端に、何か大切なものが、心の中で、死んでしまったような気がしました。

……」

ルルーは、その場から駆け出しました。

4

外は冷えていて、みるまに雪混じりの雨が降ってきました。

濡れた石畳には、夜景の灯りが映って揺れていました。ルルーはあてもなく道を走り、さまよい、やがて疲れて立ち止まりました。

そこは、植物園のそばの、あの橋の上でした。下をみると、白鳥たちは寒いのも平気なのか、雨に濡れたまま、雑草の茂る土手で眠っています。

街灯の下で、手すりに顔を伏せて、ルルーは、自分の息が白く光るのをみていました。

小さな足音がして、誰かがルルーの名を呼びました。ぺたぺたと濡れた足音をさせて駆けてきたのは、ペルタでした。

『よかった。……やっとみつけた』

素直な声で、そういいました。『騒ぎが、ぼくがいた上の部屋まできこえて——窓からルルーが駆けてくのがみえたから。ぼく追いかけた。捜したんだよ、とっても。ぼくのこと忘れていったら、駄目じゃないか』

ぬいぐるみは重そうに濡れて泥だらけでした。耳や腕からはしずくがたれています。

ルルーは目を背けて、いいました。

「——あんた、馬鹿じゃないの？　宿から、ここまで走ってきたわけ？」

『そうだよ。だって、心配だったから』

「心配しなくても、捨ててゆきやしないわよ」

『ルルーのことが、心配だったんだよ』

ルルーは、濡れた欄干《らんかん》にもたれました。

「わかってるわよ、そんなこと。――だけど、あんたがめだったら、わたしが普通じゃないって疑われて困るから、二度とひとりで勝手に街を走ったりしないで」

『わかった。ごめんなさい』

「謝るんじゃないわよ。馬鹿」

みぞれはゆっくりと降りしきり、街の灯りが、ぼやけてみえました。

「ねえペルタ」と、ルルーは呟きました。

『なあに？　ルルー』

「昔、姉さんからきいたんだけど――魔女が人間になれる魔法があるんだって。でもその魔法の呪文は、遠い昔に失われてしまっていて、知ってる魔女は、もう誰もいないっていわれてるんだって……」

ルルーは、闇を流しているような、夜の川の水面《みなも》をみました。みぞれがぽちゃぽちゃといくつもの丸い輪を作っていました。「でもね。その魔法で人間になったら、二度と魔女には戻れなくなっちゃうんだって」

『でも、その魔法、使えたらよかった？』

ルルーは何も答えませんでした。氷のように冷たいみぞれが、からだを打ちました。しずくが、赤い髪をつたって落ちました。

「──違うっていけないことなのかな？　わたし、魔女のままでいちゃいけないのかな？　それじゃ人間とは暮らしていけないのかな？　魔女は人間の街にいちゃいけないの？　──どんなに、どんなに人間が好きでも……」

『ルルー』と、ペルタが、鋭く叫びました。

振り返るとそこにカイが立っていました。ひとりで濡れて、立っていたのです。

「……ルルー、さっき、川が綺麗だったたっていってたから。やっぱり、ここにいたんだね？　風邪ぎみだっていってたから、ぼく心配で」

カイは、歯の根があわないほど震えながら、困ったような笑顔で、いいました。「──ルルーは、魔女だったの？」

ルルーは、たった一言で、幸せな夢が終わることがあるのだと知りました。

カイとルルーの間には、石畳が一枚ぶんくらいの距離もなかったのに、カイは今、遠くにいました。

「そうよ。わたしは、魔女よ」

ルルーは、答えました。

カイは、後ろに下がりました。ペルタがおろおろとふたりの顔をみていました。カイはわけのわからない叫び声をあげて、走ってゆきました。街灯りが滲《にじ》んで見える方へ。こちらを一度も振り返りませんでした。

ルルーは、座りこみ、手で顔を覆いました。

ペルタが、慰めるようにいいました。

『あの子の心がわかってよかったんだよ。もうこれで、ルルーは悩まなくていいんだ』

ルルーは首を振りました。

「……こんな寒い夜に、わたしを捜しにきてくれたのよ。怖がりなのに、ひとりで夜の街を走って、ここを捜しあててくれたのよ」

痛いほど寒い夜でした。ルルーは、自分の涙があたたかいことを悲しく思いました。

みぞれは、降りしきりました。

季節はもう、冬になろうとしていました。

翌朝、ホルトさんたちの宿に、小さなガラス瓶が届きました。

緑色の薬がはいった瓶には、「さようなら。ありがとう」とだけ書かれた手紙が、そえてありました。

そして、いつのまにか、部屋から、ルルーの荷物がなくなっていたのです。魔女の衣装だけがぬけがらのように、綺麗に畳まれて置いてありました。

3　風の丘の伝説

1

『雪だよ、雪、降ってきたよ、ルルー。寒いよ。どうするんだよう?』

ペルタが、身を震わせていいました。

「黙っててよ。よけい寒くなるから。だいたいあんたはぬいぐるみで、もこもこしてるんだから、わたしよりあたたかいはずでしょ」

ルルーは背中のペルタにいうと、昼下がりの、雪でぬかるんだ道を歩き続けました。重さでひきずりそうになる旅行鞄を、赤くなった指で、たまに、持ち上げ直しながら。

道というのは名前だけ、ただそこに草がはえていない、というだけの辺境の道。右も左もぬかるみの荒野と森が続く中を、ルルーは白い息を吐きながら、遠くにみえる黒い森を目指しました。——雪にけぶるあの森の向こうに、風野村があるのです。若い魔女が人間と仲良く暮らしているという村が。遠い昔に、姉さんは、ルルーにそういいました。

『ルルー。悪いことといわないから、引き返して、どこかの街で、その風野村について、調べてからゆこうよ。本当にそんな村があるかどうかさえ、ルルーは知らないんでしょ?もしかしたら、お伽話かも知れないって思わない?』

ルルーはぬかるみの道を歩き続けました。

『無茶だよ、ルルー。今は冬だよ。ぼくね、北を目指すなら、もっとあたたかい季節がいいと思うんだよ』

ルルーは手の甲で、鼻の頭をこすりました。——ペルタのいうことがもっともだということくらい、ルルーにだってわかります。でも、ルルーは重い荷物をひきずり、しっけたブーツで、冷たい風が吹くぬかるんだ荒野を歩き続けました。

(だって、ゆくところがないんだもの。ゆきたいところが、ないんだもの)

細かな雪は、大きな白いマントのように空にひるがえりました。氷混じりの風は、吹き過ぎる時、甲高く恐ろしい音をたて、凍えた耳をちぎってゆきそうでした。

思わずルルーが目を閉じた時、ペルタが叫びました。

『ルルー、狼だ。狼がでたよ』

黒い森から、灰色の狼たちが、風のように駆けてきます。熱い息を吐く赤い口と舌と、白い牙がはっきりとみえました。

ペルタがルルーの背中にしがみついて、じたばたと暴れました。

『逃げようよ、ルルー。いや駄目だ、もう間に合わない。ああもう、だからぼくは引き返そうって、何回も何回もルルーにいったのに。ぼくはこんなにかわいいぬいぐるみなのに、北の辺境で狼に食われてその生涯を終えるのか……ああ』

ルルーは笑いながら、ペルタを振り返りました。

「狼さんたちは、くまのぬいぐるみなんか食べないわ。とっても消化に悪そうだもの。それからわたしのこともね。だって狼さんは古くからの魔女の友。わたしも小さい頃、姉さんと森に住んでた頃は、狼さんに遊んでもらったりしてたものなんだから」

金色の目の狼たちは、少し離れたところで立ち止まり、唸《うな》り声をあげました。それは、『さっさと帰るんだ。ここは俺たち狼の縄張りだぞ』『こっちにきたら、怒るからな』というような意味の言葉でした。

ルルーは、にっこり笑っていいました。

「こんにちは、白い牙と美しいたてがみを持つ、勇気ある荒野のお友達。わたしは魔女よ。この先にちょっと用事があるの。通してちょうだい」

狼たちは、きょとんとしたように、それぞれの顔をみあわせました。

年とった狼が前にでてきて、ルルーの手の匂いをかぎました。

『おや驚いた。この子はたしかに魔女のようじゃ。まさか、風の丘の魔女の他にも、この辺りにまだ魔女が生き残っていたとはなあ』

それもこんな小さな子が、と、狼は鼻からため息をつきました。

「風の丘って、風野村の？　ああ、本当に風野村はあって、そこに魔女がいるんですね？」

ルルーの体は熱くなりました。会ったことのない魔女の顔が目に浮かぶようで——それはなぜか死んだエルナに似た人なのでした。

年老いた狼は、困ったような顔をして、

『いやその……二十年前は、いたんだ。わしは子狼の頃、たしかにあの魔女と会っとる。だがなあ、今も、あの村にいるかどうかは……』

「——引っ越しちゃったんですか？」

『死んだかもしれん』

年とった狼は、首を振りました。『風野村は、二十年前に滅びたのじゃ。村人はみんな死に絶えた。魔女もたぶん、その時に死んだろうと思う。少なくともわしらは、あの魔女にそれきり会っておらん』

ルルーの目に、エルナが死んだ時の光のきらめきが、一瞬、よみがえりました。

「どうして、そんなことに？　村が、滅びるなんて……魔女が、死ぬなんて……」

狼は、低い声でいいました。

『二十年前に、暑い暑い夏があった。わしが子狼だった頃のことじゃ。その時に、あの森の向こう——北の辺境の水は、涸《か》れたんじゃ。森のどの生き物も知らぬ燃えるような暑さに、木も草も枯れ、獣は倒れ鳥は地に落ちて死んだ。わしもきょうだいをみんな失ったよ。そして風野村の人間たちもまた死んでいったのじゃ。暑さと、そしてわずかな水が濁ったせいで起こった伝染病でな。

風に乗って、森まできこえてきた村人の呻《うめ》く声や嘆き悲しむ声が、日がたつごとに増えてゆき減っていって、やがてきこえなくなったよ。恐ろしかった。ああ、恐ろしかったよ。

――しんとなってからわしは村をみにいったが、墓石があちこちに転がっているばかり。賑やかだった村に何一つ音がなくてね。わしは恐ろしくて尾を下げて歩いたよ。風の丘の魔女に会ったのは、その時が最後じゃ。魔女は人のいない村の自分の家で、ひとりきり、暖炉の前のいすに座りこんで泣いておったよ。

それきりわしも、わしの仲間たちも、あの村にはゆかん。死んでいった者達の眠りをさまたげれば、土地の精霊が怒るからな』

「でも……」と、ルルーは呟きました。「魔女がいて、どうして病気を治せなかったんでしょう？　薬を作れたはずなのに」

『それはわしも不思議に思った。思うに……薬草が枯れて、薬の原料が手に入らなかったのかもしれん。あの時は、草木がみんな枯れてしまったからなあ』

ルルーは、ぬかるんだ地面をみつめました。

ペルタが、ルルーに訊きました。

『ねえルルー、やっぱり風野村にゆくの？』

「――いくだけ、いってみようかな」

本当に、他にゆくところがないのです。ゆきたいところが、ないのです。

年老いた狼が、悲しそうにいいました。

『魔女のあんたがゆけば、あのかわいそうな魔女の魂への、慰めになるかも知れんな』

狼たちは、道案内をしてくれました。森の中で夜になった時は、みんなでルルーをくるんで寝てくれました。狼の灰色の毛なみはふかふかで、その息は熱く、冬の初めの森の中でも、あたたかく眠ることができました。

夜中に目がさめると、森の木々の間に、青白い星がいくつも灯っているのがみえました。

ルルーは、ふっと思いました。

(カイ、薬を飲んでくれたかなあ?)

あの時、橋の上で、カイがルルーを見つめた眼差しを思うと、心の中がざらざらと痛みます。——でも、薬でカイが治ったら、カイも家族たちも魔女のルルーを認めてくれるんじゃないかともちらっと思うのです。

(もう一度あの人達に会って、そうして、黙っててごめんなさいって謝ったら……?)

駄目だ、とルルーは首を振りました。(わたしには、そんな勇気はない)

レナやホルトさんにまで嫌われたら——ルルーは魔女だから嫌いだといわれたら——そう想像するだけで、胸が苦しくなるのです。

きっと嫌われるのです。いいえ、カイがもうルルーのことを話して、ふたりも真実を知ったに違いありません。そうしてきっと、あの子が魔女だったなんて、と、ぞっとしているのです。いなくなってくれてよかったと話しているかも知れません。――人間の家族が魔女のことを愛してくれるはずがないのです。

（夢をみられたらよかったのに……）

ルルーは悲しく笑いました。（人間は、信じられるものだって）

ルルーは知りました。自分が本当には人間のことを信じてはいなかったということを。

そして、ルルーは、思いました。

（風の丘の魔女は、どうして村の人達を信じることができたのかしら？　どうして、自分は魔女だって、うちあけることができたの？）

どうしてその魔女は、人の中で暮らすことができたのでしょう？

森を抜けて、雪混じりの風が吹きました。どこか高い空で、女の人が泣き叫んでいる声のような響きの風でした。

（どうして風野村の人達は、魔女の友達になれたの？）

2

白い冬空の下、色褪《いろあ》せた銀緑色の草波が冷たい風になびく草原の、その向こうに、小さな村がありました。

草波に半ば呑まれた、古びた木の塀に囲まれて、赤や茶色の屋根の家々が続き、そして、遠くの丘に、一軒のかわいらしい家が建っていました。

赤い屋根の上で古い風見鶏が回るその家を、年とった狼は鼻先でさして、

『あれが、風の丘の魔女の家じゃよ』と、いいました。懐かしそうな目をして、『昔――今から二十と数年前の冬に、あの魔女もひとりで野と森をこえて、この村にきたそうじゃ。その時道案内をしたのが、わしの父さん狼じゃった。若い魔女はな、ちょうど今のあんたのように、旅行鞄をさげて、ぬかるみの道をさみしそうに歩いておったそうじゃ。魔女は、自分にはゆくところがない、と父さん狼にいったそうじゃ。だからあてもなく、はるばるとこんな辺境にきたんだと。

そのあと、父さん狼は、魔女が心配になって村のそばまでいってみたそうじゃ。すると魔女は、人間の女の子と楽しそうに薬草を育てたりしていたんで、安心してそっと森に帰ったと――そんな話を、昔にきいたよ』

狼たちは村へは入らずに帰ってゆき、ルルーはひとりで、風野村の門をくぐりました。

家々はひっそりと並んでいて、開いたままの扉が風に揺れていました。村の中を流れる小川で、壊れかけた水車が回っていました。無数の墓石が草波の間に埋もれていました。風の音ばかりが響く――ここは死にたえた村でした。

村から風の丘までは、低い塀に囲まれた小さな道の跡がありました。丘をのぼるそれを辿って、ふと振り返ると、家々はおもちゃの家のようにかわいらしく並んでみえました。遠くには青い湖が水面を揺らしています。湖の向こうには低い山が横たわっていました。

「綺麗な、景色なのね」

ルルーは呟きました。きっと昔は、見とれるような風景に見えたのだろうと思いました。魔女は毎日ここから小さな村や湖を、山を見ていたのでしょう。

風見鶏の家が近づくにつれて、やはりルルーの胸は、期待で苦しくなりました。

(狼さんは、魔女はいないだろうっていったけど……)

いるかもしれないのです。狼たちがその人と会っていないというだけのことで。そう、狼たちは、村には入ってゆかないといったのですから。

一歩歩くごとに家は近づき、やがてルルーは、その家の玄関の扉の前に立ちました。ポーチで息をつくと、からからと、屋根の上で風見鶏が回る音がしました。

冷たい木の扉を、ノックしてみました。

しばらく耳をすましてみても、なんの返事もありませんでした。家の中を玄関へ急ぐ足音も、きこえませんでした。

『誰も――いないみたいだね？』

ペルタが、遠慮するようにいいました。

ルルーは砂でざらついたノブを、そっと回してみました。細く扉が開きました。覗いてみた部屋は暗くて、窓から入る光に、埃がきらめいていました。

火の消えた暖炉とその前のいすがみえました。誰の気配も、ありませんでした。

ルルーは、扉を閉めました。

扉に背中をもたせかけて、座りました。

「そっか。わかったわ。もうここに――魔女はいないのね」

引っ越したのか、それとも、死んでしまったのか――それは、わからないけれど。

でも、この家が無人の家だということは、疑いようのないことのようでした。この丘に魔女はいなくなっていて、お伽話の村は、二十年も前になくなっていたのです。

エルナ姉さんが死んだ、あの同じ夏に――。

ルルーは、背中を丸くしました。

空からは、ちらちら雪が降ってきました。細かな雪は、ルルーがいる軒下まで、風に吹かれて舞い込んでくるのでした。見上げると空は、塗りつぶしたように灰色でした。

背中のペルタが、ルルーの肩を叩きました。

『ねえ、ルルー、街へ帰ろうよ。ここで座ってたって、しょうがないじゃない?』

「そんなこと、わかってるわよ」

ルルーは、答えました。「ちょっとぐらい休んだっていいじゃない？　待ち合わせしてる人がいるわけでもないし」

『ここにいたら、風邪ひくよ？』

「わかってるってば。うるさいなあ、もう」

ルルーは、寒いなあ、と思いました。

（本当に、とっても、寒いなあ……）

からだをちぢめているうちに、動きたくなくなってきました。

からだも心も重たいのです。疲れきっているのです。こんなに寒くなければ、ここで寝ちゃうのにな、と思いました。そのうちだんだん、寒くてもいいから、少しだけ寝ちゃおうかな、と思い始めました。本当に少しだけでいいから眠ってしまいたかったのです。

『ルルー、ねえ、帰ろうったら』

ペルタの声と肩を叩く小さな手を、うるさいと思いながら、ルルーは目を閉じました。

……誰かがうたっている、と、ルルーは思いました。風の音？　いいえ、『月影の歌』でした。それはエルナの声のようにも、レナの声のようにも思えました。

泣いているような、声でした。

3

「──ちょっと、あなた、大丈夫？」

誰かが後ろから、ルルーの肩を揺さぶりました。最初は優しく、そしてだんだん、乱暴に。痛いくらいに。

「ねえ、ここで寝たら、駄目なんだったら」

ごつん。頭が何かにぶつかりました。

ルルーは眠かったので、腹をたてました。揺さぶる手と頭の痛みをしらんぷりして、ぎゅっと目をつぶっていると、声が怒ったようにいいました。

「生きてるんなら起きなさい。そのままじゃ凍死するわよ。あえてそういう寒い死に方したいっていうんなら、止めやしないけど」

(うるさいなあ。もう。誰なの？　ちょっとだけ眠りたいだけなのに)

ルルーはむっとして顔をあげようとしました。でも、何だかからだがこわばっています。背中も肩も痛くて、動かそうとすると、ぎいぎい音がするようなのです。

その時初めてルルーは、我に返りました。

途端に、雪や氷よりも冷たく、背筋が寒くなりました。やっとの思いで重いまぶたを開

き、声のきこえた方を見上げ、振り返って、

「あ、あのう……わたし、寝てたんでしょうか？」

それだけ訊《たず》ねるのがやっとでした。声も凍り付いたようだったのです。

「ええ、この冬空の下、すやすやとね」

狼みたいに灰色の髪をした、背の高い、若い女の人が、ルルーを見下ろして、そこに立っていました。

冬の風にその髪をなびかせ、ふん、と馬鹿にしたように笑って、

「あとちょっとわたしが気づくのが遅れてたら、永遠におやすみってことになるところだったわね。――常識的にいって、こんな日に外で寝ようとか、そういう無謀《むぼう》なことは考えちゃいけないものなんじゃないの？」

「うう、すみません」

ルルーは顔を赤くしました。凍えた指を握りしめ、勝手に震える声で、

「お、起こしてくださって、ありがとうございました。わたし、あの、疲れていたものですから……」

話すうちに、風の丘に魔女がいなかったことや、帰る場所がないことをいちどきに思い出して、気持ちが沈みました。顔がうつむきそうになります。

女の人は、ルルーの旅人らしい姿を、ちらりとみたようでした。そして、

「別に、気にしなくてもいいのよ。わたしだって、自分のうちの前で人死にがでたら嫌なだけだし。お互い幸いだったわね」

「はあ」

そういういい方があるかしら、とルルーは思いましたが、女の人のことが、嫌ではありませんでした。明るい色の瞳も声も、そして話し方も、懐かしいレナに似ていたのです。

女の人は、長い髪を灰色の雲のようにふわりと揺らし、肩をすくめて、

「こんな真冬に、それもこんな辺境に、どうしてあなたみたいなものを知らない子どもがやってくるのよ。ほら、立って。立てる？」

「……はい。たぶん。何とか」

「どこへゆく気か知らないけど、とにかく、ちょっとうちで休んでいきなさい」

そういって親指で自分の後ろをさししめす女の人の、その背後を、ぼんやりとみつめた時、ルルーは驚きました。

そこに、魔女の家の扉がありました。——扉は開いていて、明るい、あたたかそうな部屋がみえているのです。暖炉の火が燃えています。あの、ひとけがなかったはずの部屋で。

ルルーは目をこすって、それから女の人を見上げました。

「あの……ここ、人が住んでいる家だったんですか？　——いえ、この家は、あ、あなたの、家だったんですか？」

「そうだけど？」

「じゃあ、あなたが『風の丘の魔女』なんですね？　ここに──いてくれたんですね？」

さあっと目がさめました。頬に血の気が差すのがわかりました。

ルルーは、その人の顔をみつめました。

「わたし……わたしも、魔女なんです。あなたに、会いたかった」

女の人は、まばたきしました。

「あなた、もしかして──風の丘の魔女を訪ねて、ここまできたの？」

「はい」

女の人は、しばらくの間、ルルーをみつめ、やがて、ため息まじりにいいました。

「……ごめんなさいね。わたしは、魔女じゃないの。風の丘の魔女じゃない。魔女は、とっくの昔に、村を捨てて、どこかにいっちゃったわ」

「そうですか……」

ルルーは、うつむきました。永遠に立ち上がる気力がなくなったような気がしました。

女の人が、明るい声でいいました。

「ま、人生あてが外れることもあるわよ。今回ははずれで残念だったってことで、とりあえず、暖炉であたたまっていかない？

そうねえ。せめて、その魔女の話でも、してあげるからさ。それをお土産にして、どこかの街か村にでも、帰って行けばいいんだわ」

手を引いて、立ち上がらせてくれました。

（あ、エルナ姉さんの手みたいだ――）

ひんやりと柔らかな、優しい手でした。

（この人は、魔女が嫌じゃないんだな……）

当たり前のように手をとってくれたその人を見上げて、ルルーは夢をみているような思いで、その小さな家の中にはいったのです。

4

あたたかな家の中には、天井から、いい匂いの干した薬草が、たくさんつるしてありました。

ルルーが見上げると、女の人は顔をしかめ、

「それね、あの馬鹿な魔女の置き土産なのよ。季節ごとにせっせと薬草を畑で育てて野山で集めて、りすじゃあるまいし、ため込むのが好きな奴だったわ。

どうせ、わたしには、使い方がわからないし、埃になるから嫌なんだけど、捨てるのも勿体《もったい》ないかって感じで、部屋の飾りの代わりにほっといてるの」

「――馬鹿な魔女、って？」

「当然、風の丘の魔女のことよ」

「あのう、お友達だったんですか？」

「まあ、そんなとこね。やな奴だったけど」

　部屋の隅の、窓越しの光があたるところには、木製のプランターがありました。小さなかわいい苗たちが並んで、育っています。

「花の苗――桜草ですか？」

「そうよ」と、女の人はうなずきました。「種からわたしが育てたの。魔女が引き出しに入れておいた種が見つかったから。少しずつ、外に植え替えてやっているのよ。花くらい咲かなきゃ、この村は、あんまり殺風景でしょ？」

「ひょっとして、ひとりでこの村に住んでいらっしゃるんですか？」

「そうよ」

「――さみしくないんですか？」

　こんな北の果てで。死にたえた村で。誰も――狼すら訪ねてこない、この村で、ひとりぼっちは辛くないのでしょうか？

「慣れたわ」と、女の人は、笑いました。「もう長いこと経ったもの」

　女の人はルルーにいすを勧めると、熱い飲み物をいれてきてくれました。香ばしい匂いの、ああ蒲公英《たんぽぽ》の根のコーヒーだとルルーは思いました。姉さんも好きだった飲み物。

女の人は、そうして自分もいすに腰をおろし、脚を組みました。

「村がなくなった後も、ここ風の丘にあの魔女を訪ねてくる人間はたまにいたらしいけど、自分と同じ魔女が訪ねてきたのは、あなたが初めてなんじゃないかしら？　もし、あの魔女が今ここにいたら、喜んだでしょうね。

あれはずいぶん、さみしがりやの魔女だったから」

「人間が、魔女を訪ねてきたんですか？」

「そうよ。魔女には魔女にしかできないことがあるでしょう？　薬を作ること、占うこと、まじないをすること……とかね。どうしても解決できない難問を抱えると、人間も伝説の魔女に頼らざるをえなくなるんでしょ。ずうっと遠くの国や街からも、はるばると人間たちがきていたらしいわ。風の丘の魔女は、こんな僻地《へきち》の辺境にいても、知る人ぞ知る有名人の魔女だったのよ」

ルルーは身を乗りだしました。

「今の時代に、そんな素敵な……魔女らしい生き方ができる魔女も、いたんですね」

「素敵、ねえ」と、女の人は頭をかいて、「風の丘の魔女は、遠くから旅してきた人に頼られると嬉しいもんだから、つい、お金ももらわずに相談にのっちゃったりしてね。あとで、しまった、金もうけの機会だったのに、って、悔しがったりしてたらしいわね」

「はあ……」ルルーはまばたきをしました。「意外とその、俗っぽいというか」

女の人は、人差し指を振りました。

「あのね、小さな魔女のお嬢ちゃん。実在の人物のことを、伝説みたいに思わないほうがいいわよ。どんなに立派にみえる人でも――魔女でもね、生きてるからには心のどこかに情けないところや笑えるところがあるんだから。あの人素敵、なんて思う時は、まあだいたい、自分好みの幻を勝手にみてるものよ」

「そうでしょうか……」

「そうなの」と、女の人はいいきりました。「――それで、小さな魔女さん。あなたはあの魔女に、何か大事な用事でもあったの？」

ルルーは口ごもりました。

「いえ――ただ、会ってみたかっただけで……」

「会うだけで、よかったの？」

「はい――あ、いえ……」

ルルーは、顔をあげました。「わたし、訊いてみたかったのかも知れません。どうやったら、魔女なのに人間と仲良く暮らせるのか。村の人達に魔女だって告白する勇気が、どうしてあったのか……とか」

「あなたにはできないの？　人間と仲良く暮らすことや、自分は魔女だと告白することが」

　暖炉で赤い火が燃えていました。水の波紋のように、その炎の放つ光が女の人の顔やからだに――まっすぐな瞳に映って、揺れていました。

　――この人も人間なのです。魔女の友達みたいだけれど。でも。それでも。

「はい」ルルーは目をそらしました。「そんなふうにはとても、人間を信じられないんです。どんなに好きでも、好きでいてほしくても……怖いんです。きっと嫌われる」

「でも、信じたい？」

「……はい」

「じゃあ、信じるしかないでしょう。自分から信じようとしなければ、永遠に誰かを信じることはできない。それが、すべての始まりなんじゃないの？」

「でも……わたしには、お伽話の村はないし」

「お伽話の村？」

「風野村のことです。風の丘の魔女の村。魔女の友達になれるような、優しい、心のあたたかい人ばかりが住んでる素敵な村だったんでしょう？」

「――素敵な村」と呟くと、女の人はため息をつきました。

「そんなごたいそうな村じゃなかったと思うわよ。普通の田舎の村で、自然相手の荒っぽい仕事をする人が多かったから、男も女も血の気が多くて品もあるとはいえなくて、賭け事をするわ、昼から酒飲んで道で喧嘩《けんか》するわ、そのままその辺に寝転がってて人や馬に踏まれるわ、そういう村だったらしいわね」

「…………」

「ま、村人がいつも陽気で、にぎやかで、笑い声がたえない村だったのはよかったって話はきいたわ。時々おせっかいがすぎるけど、人情家も多いっていってたかな？」

女の人は、にっこりと笑いました。

はあ、とルルーは、ため息をつきました。

「わたしの想像していた村とは、なんか……あんまり違ってて」

「だから。『素敵な人』と同じで、『素敵な村』なんてこの地上のどこにも存在しないのよ」

「でも」と、ルルーはまた顔をあげました。「やっぱり風の丘の魔女さんは素敵――というか、勇気があったんだと思います。人間に、自分は魔女だって名のれるなんて、絶対に、素敵に勇気があって、強いですよ」

5

「たんに、破れかぶれだったんだと思うわよ」

女の人は、手に顎《あご》をのせました。「あの魔女はね、そもそもは、世界のどこかに、魔女を迎えてくれる街、自分が幸せになれる街があるんだと信じて――それこそお伽話みたいな優しい街を探して、あてもなく、長い旅を続けてたんだって。

で、ある冬に、この北の辺境まで辿り着いたの。

知ってる？　『月影の歌』？」

「あ――はい」

「大昔のはやり歌。あれにかぶれたのね。でも遠い地の果ての辺境にも楽園はなかった。かといって、引き返すにも、辺りは深い雪だし、魔女はいい加減旅に疲れていたから、この村で、少しの間だけ、休んでいこうと思ったらしいの。

そんな時、風野村の村長の孫娘が、酷い風邪をひいて、死にそうな熱をだしたのよ。魔女は、わたしは魔女ですって名乗って助けるしかなかったわけ。だって、まわりは一面の雪野原。魔女がそうしなきゃ、荒野を渡って遠くの街の医者を呼びにいっても、間に合いそうになかったんですものね。

その子を助けてその次の日からの、村人が魔女をみる目ったらなかったそうよ。森のくまか狼が服を着て村を歩いてるのをみるような、遠巻きにみる目。魔女もたぶん、それが真冬のことでさえなかったら、とっとと村を逃げだしたかったんだと思うわ。でも北の辺境の冬は並みじゃないの。三歩歩いただけで吹雪《ふぶき》に巻き込まれて凍っちゃうような冬なわけ。村に辿り着くまでに、魔女はさんざん苦労していたから、しょうがない、春まで待とうと思ったのよね。

けど、春になる前に、うっかり者の若者が馬にけられるし、村の牛は三頭も続けて病気になるし、あげく村長も持病の胸の病で死にかけたのよ。——そんなこんなのうちに、気づいたら、季節は春になっていたそうよ。そしたらね」

女の人は、まばたきをして、「この村の春は、長い冬のかわりに、とても、美しいんですって。村全体が、どんな宝石よりも綺麗な緑色の草の波に覆われるんだって、あの魔女はわたしに、説明してくれたわ。そこに、黄や桃色の桜草が、色とりどりの星みたいに咲いてね。冬の間は凍ってた小川は流れだすし、さざなみがきらめく湖に魚ははねるし、子どもたちと山羊《やぎ》や羊が、野山にわっと駆け出すの。

魔女がみとれているうちに、湖で溺《おぼ》れる子どもがでてくるわ、乳のでない山羊がでてくるわ、ついにはこの村に魔女がいるらしいっていうんで、遠くの街から旅してやってきた死にかけた病人まででてきてね。村長が、村にある空き家のどこにでも住んでいい、ここにいてくれお願いだ、っていうから——じゃあしょうがない、って、魔女は風の丘のこの家を選んだのよ。

でも魔女は、いずれ村を離れるつもりだったのよ。どこかで自分を待っている幸せの都を探すために。自分の大切な旅を続けるためにね」

「そんな——もったいない……」

「だから、あの魔女は馬鹿だったのよ」

　女の人はさらりといいました。「幸せに気づかない奴のことを、馬鹿っていうわけ。馬鹿だからね、失うまで、持ってたものの価値に気づかない」

　女の人は、ふっと悲しげに笑いました。

「魔女が怪我を治した人の中に、頭がかちんこちんにかたくて古くて、おまけにひどく口の悪いじいさんがいたんだって。

　倒れた木の下敷きになって足が千切れかけてたのを、村の人達にかつぎこまれてきたんだけどね、『魔女なんかにさわられたら足が腐る』とか、騒いだらしいわけよ。でも魔女がね、その言葉にうなずいて、『たしかにわたしがさわらなかったら、腐らないでしょうね。そのままじゃ、じきにくたばるから』っていったら、おとなしくなったわけ。で、魔女が三日間つききりで足を治してやったらね、じいさんがいったんだって。『魔女なんかでも、たまには役にたつことがあるもんだ。奇跡だな』

　それからは道で会うごとに、そのじいさんは、『魔女め、まだこの村にいやがるのか』っていうし、魔女は、『まだその足腐らないの？　おかしいわねえ』っていいかえすしで、近所の人達が面白がってたそうよ」

　ルルーはペルタと目を見合わせました。

「でも……そのおじいさんも、ありがとうくらいいってくれたって……」

「そうよね。けどそのじいさんは、野菜がとれるごとに、『あまったからやる。腐らすよりましだ』とかいって、持ってきてくれたんですって。

流行病でね、そのじいさんが死んだ時、魔女の家には最後にもらった野菜がまだ残っていてね、魔女はその野菜を食べられないまま腐らせちゃって、ひとり泣いたんだってさ」

雪混じりの風が、丘の上の家の窓を叩き、通り過ぎてゆきました。

女の人は、深く息をついて、いいました。

「もっといい街、もっと魔女に優しい人達が世界のどこかにいるって、魔女は夢みていたのよ。こんな田舎の、品が悪い村は好きじゃないって。

でも、ユーリィのことはかわいいと思っていたわ。たぶんね。小さな、大切な友達だと思ってた。口にだしてはいわなかったけどね」

「ユーリィって？」

「魔女が、この村で、最初に助けた女の子よ。村長の孫娘。それっきり魔女のことを気にいって、魔女様魔女様、ってうっとうしがられるくらい、いつもあとをついて回ってて、目をきらきら輝かせて、自分も魔女になりたい、なれるかしら、なんていって。魔女は、『ああ、うるさい。うっとうしい。こんなことになるんなら、助けるんじゃなかった』って、悔やんでたらしいわ」

いつもね、と、女の人は微笑みました。「その子はちっちゃな背丈で、魔女のことを見上げてたんだって。ある日ね、こんな、村から離れた丘にひとりでいるのはさみしいでしょって、人形をこさえて持ってきてくれたの。それが下手な人形でね、指が針のあとだらけになってるのよ。しょうがないから魔女は傷薬をただであげたんだって」

ルルーは笑いました。女の人も笑って、

「けどね、そのユーリィも、たいした性格で、不器用な自分がここまでして人形を作ったんだから、お礼にひとつ約束をしろって魔女に迫ったんだって。『わたしに黙って村をでていかないで』ってね。来た時みたいに、いつか魔女がまた村からいなくなると思ってたのね。遠くへ旅していってしまうって」

女の人は、遠い目をしました。「魔女はね、めんどくさかったから、その約束に、はいはいと返事をしたらしいの。守れない約束は、しなきゃよかったのにね」

「約束、守ってあげなかったんですか？」

6

女の人は、外の風の音に耳をすませるように、しばらく黙っていました。

「その年の春、村にきて五年めの春の終わりに、魔女は偶然大昔の呪文を手にいれたの。

それは、流れ者の商人が持ってきた古い本に書かれていた呪文でね。もうこの世からは失われたものと、この世界の魔女の誰もが思っていた呪文。

人間になれる魔法の、その呪文だったのよ。

魔女はその呪文を使って、人間になったの。そうして人間として新しく生きるために、この辺境の村をでようと決心したのよ」

ルルーは、膝の上で手を握りしめました。

「どうして？　魔女は――十分、風野村で幸せだったんじゃないですか？　なのに……」

「魔女はね、疲れていたの。幸せの都を探して旅することに。そのことに、呪文をみつけた瞬間に気づいたのよ。人間になれるなら、魔女には戻れなくてもいいと思った。好きで魔女にうまれてきたわけじゃないって思ったのよ。だから――何の迷いもなく呪文を唱えて、人間になったんだってさ」

女の人は、馬鹿よねえ、と呟きました。「旅支度をしだした頃、あの暑い夏が始まったの。みるまに小川や湖の水が涸れて、草木が枯れだした。家畜たちは次々に病気になるし、続いて人間も……弱い子どもや老人達から倒れてゆく。酷い夏だったんだって。竈《かまど》の火みたいな太陽が、空で燃えていたって」

ルルーは、遠い南の街でのことを思って目を閉じました。輝く海と死んだ小鳥と、消えていったエルナの姿の幻がみえるような気がしました。

「風の丘の魔女は、何もできなかったんですか？　だから……村は滅びちゃったんですか？」

「そうよ」と、女の人は、歯をくいしばるようにして答えました。「だって、魔女はもうただの人間になってたもの。新しい井戸を掘るための場所を水占いで教えることも、何よりも薬を――病を癒す魔法の薬を作ることが、できなくなっていたの。

最初のうちはね、作りおきしていた薬を使ったの。でもそれがなくなった時――魔女にはもう魔法の薬を作ることができなかったのよ。魔女だった頃は、病人や怪我人をみただけで、必要な薬や、その材料の薬草がわかっていたのに――もうそんなことできやしない。迷っているうちに、近所の森にはえていた薬草は次々に枯れていって、村の人も枯れるように死んでいったんですって。村長も――口の悪いじいさんもよ。今までに魔女が命を助け、救ってきた人達がみんな……。

でもまだ生きている人達はいる。あのユーリィだってまだ元気で、魔女のそばで、病人の看病を手伝ってくれてたのよ。

だから魔女はがんばった。でも――駄目だった。

魔女はね、ある夜、急に思いついて、湖の向こうの山にのぼってみることにしたの。近くの森では薬草はみな枯れてしまったけど、あそこまでいけばひょっとしたら、って――。

馬鹿よね。どうせ薬草がそこにはえているのをみたって、もうわかりやしないようになっていたのにね。魔女はなのに、ひとりで夜中の道を駆け出したの。遠くからみても茶色に変わっていた山に向かってね。暗い山の中では、目を見開いても闇しかみえない。何度もけれど人になった今ではもう、暗い山の中では、目を見開いても闇しかみえない。何度も転び、道に迷いながら、次の日の夜に山についたそうよ。それから探しても探しても、そもそも生きている草ひとつみつからなかった。一日かかって、やっとひとつかみの枯れかけた草を――おぼろげに薬草だったんじゃないかって思える草を谷間でみつけだして、魔女は村に帰ったの。そしたら――たった三日よ、三日しか村を離れていなかったのに、残してきた村人は、みんな死んでしまっていたの」

「――ユーリィも？」

「ユーリィはね、魔女の家の玄関の前で、扉に寄りかかって死んでいたのですって。人形を抱いてね。たぶん、そこで、魔女が帰ってくるのを待ってたんでしょうね。帰ってきたら、すぐにお帰りなさいっていえる場所で」

女の人は息をつき、さらりとした声で、

「わたしはね、その話を魔女からきいた時、魔女を馬鹿だって罵《ののし》ってやったわ。きっとユーリィは最後に裏切られたと思って死んだのよって。あの子はきっと魔女がこの村を見捨ててでていったんだって思ったに違いない、黙って村からでていかないって約束したのに約束を破った、それもこんな時にって」

「それは――それは、酷いです」

ルルーは、思わず、くってかかりました。「そんないい方ってないじゃないですか？　一番辛かったのは、風の丘の魔女さんなんですよ」

「一番辛かったのは、ユーリィよ。馬鹿な魔女を信じてた村の人達よ」

女の人は鋭くいいました。そのあとで、ため息まじりに、ごめんね、といいました。

「……お嬢ちゃん、あなたが、悪いわけじゃないのにね。

風の丘の魔女はね、わたしに話をしたあと、みっともなく泣きながら村をでていったわ。どこにいったかは知らない。今はかわりにわたしがこの村にいて墓守《はかもり》をしているの。だってせめて墓守でもいなくちゃ、さみし過ぎるでしょう？　こんな地の果ての、辺境の荒野よ。あんな馬鹿な魔女を信じた人々のために、わたしは、ここにいてあげることにしたの。まあ……わたしはあの魔女の友達だったからね」

北風は駆け抜けるように空を吹き渡っていました。窓ガラスにはもう、雪が凍りついていて、風も雪も、この家を凍らせてしまおうとしているようなのでした。暖炉にあたっていても寒くて、ルルーは身を震わせました。

「――お姉さんは、優しい人なんですね」

「わたしが、優しい？」

女の人は不思議そうに訊き返しました。

「だって……こんなところに、ひとりきりで、死んだ人達のために、いるなんて——いくら、風の丘の魔女が自分の友達だったからって」

女の人は頬杖をついて、さみしそうな笑顔を浮かべました。

「優しい人なんてこの世にはいないのかもしれないわね。英雄のように素敵で強い魔女がこの世のどこにもいなくて、お伽話の街がないのと一緒で」

女の人が、急に疲れたようにみえました。いいえ、今さらのように気がつくと、この人はそもそもほっそりと痩せていて、白い手も荒れているのでした。

「春になればね」と、女の人は笑って、いいました。「春になれば、わたしが植えた桜草が咲くわ。昔そうだったらしいように一面に、とはいかないでしょうけど、でも桜草は咲くでしょう。そしてわたしはまた、桜草を育てるの。そうして、次の年また次の年と何回も春をくりかえすごとに、桜草は増えていって——そのうち自分たちの力だけでも、この地に根を張れるようになって。大地に広がっていって。

いつかの年には、昔の通りに、春ごとに一面に花が咲く村が蘇るでしょう。昔、風の丘の魔女からきいた通りの景色にね」

女の人は苗をみつめました。その目にはもう、遠い未来に、この辺境に咲き乱れる、美しい桜草の花の波がみえているようでした。

ルルーはうつむいて、自分の手をみました。もし自分が、風の丘の魔女の友達だったとして、この女の人と同じことができるでしょうか？

（この人は人間なのに、魔女のために……）

ルルーは、女の人を見上げていいました。

「ありがとうございます。あの――あなたみたいに優しい方が……魔女の友達になってくださる方が、この世界にはちゃんといたんですね」

女の人は、にっこりと笑いました。

「わたしのことはともかくとして、魔女の友達になれる人間は、きっと、世界にたくさんいると思うわ」

「あのう」とルルーは顔を赤くして、「何かわたしにできることはありませんか？　せめて……同じ魔女として、風の丘の魔女のかわりに、何かあなたにしてさしあげたくて。わたし、少しだけど、魔法とか、使えちゃいますし」

「ありがとう。ありがたいけど、してほしいことは特にないわ。その気持ちだけでわたしは充分。ほしいものも特にないし、桜草の苗が早く育ってほしいなあ、ってことくらいしか、今は、願いごともないのよ」

女の人は、満足そうに、微笑みました。「昔、風の丘の魔女からきいた、この村の美しいって春の景色を、一日も早くみてみたくってね」

7

「じゃあ、みてみましょう」

ルルーは手をうちました。「村が栄えていて、緑に包まれていた頃の、風野村の春をみてみましょうよ。本当に昔を蘇らせるなんてことは、まだ子どものわたしにはとてもできませんけれど、少しの間の幻だけなら、大地の精霊の力を借りて、その記憶を、地上に映しだしてもらうことができますから」

なんていい思いつきなのかしら、とルルーの胸は、どきどきしました。

女の人が首を横に振って、何かいおうとしました。でもその時には、ルルーは立ち上がり、玄関の扉をいっぱいに開いて、雪風に向かい、呪文を唱えていました。

「時の彼方の記憶、土の精霊がその心の内に蓄えた思い出よ、今、わたしの言葉をきいて、その楽しかりし遠い春の記憶を取り戻せ」

空が銀色に輝いて、雪がやみました。枯れた草の波がみえない手でかきまわされたように揺れ動き、風がさあっと駆け抜けて、そして。

そこに、色あざやかな春の風景がうまれていました。

緑色の宝石のような色に輝く草の波と、星のように散らばる桜草の群れが。

空は淡い青色をして、綿のような雲を浮かべ、その影がゆっくりと草原に映って動いていました。小鳥の声が、どこかで響いていました。遠くにみえる低い山も湖も、春の光を浴びて穏やかに横たわっています。丘から見下ろす家々の間を、あたたかな南風が吹き抜けていました。耳をくすぐるような、甘い匂いの風でした。花と緑と水の香りが、辺りに満ちていました。

女の人は、夢をみているような表情で、暖炉の側のいすから立ち上がりました。ルルーの横を通り過ぎて、ふらりと外へでてゆきました。

丘から村へと通る道の、背の低い木の塀には、薄桃色の野薔薇が咲いていて、蜜蜂が飛び交っていました。――そんな幻の風景の中を、女の人は村の方へと下りてゆきます。いつか急ぎ足になっていて、ルルーは走るように追いかけなくてはなりませんでした。

村の入り口の辺りで、やっと追いついて、

「……本当に、綺麗な村だったんですね」

女の人の背中に、声をかけました。

女の人は、髪を風に揺らせて、ただ家々の方をみていました。

春の村にみとれているのかしら、と、ルルーは思いました。

無理もない、うっとりしてしまうほど、気持ちのよい春の景色です。

女の人は、低い声で、いいました。

「――本当に、昔の通りに、綺麗ね」

「そうでしょう？　そういう魔法ですもの」

息を切らせて、ルルーが答えると、

「なぜ、こんなものをわたしにみせるのよ？」

その人は、激しい表情で、振り返りました。「わたしのせいで滅びてしまった村を、昔のままの風野村の春の幻を。二度と、どんな魔法を使ったって、地上にこの風景は取り戻せないってわかってるのに……」

苦しげに顔を歪めて、いいました。

「わたしのせいで、って――」

ルルーの胸は、どきりと鳴りました。――さっきこの人は、みたことがないはずの景色を、昔の通り、といわなかったでしょうか？

どきどきと鳴る鼓動を感じているうちに、いままでこの人の話を聞くうちに感じていた、どこか不自然でちぐはぐな感じを、いくつも思い出しました。

「そうよ。わたしが、風の丘の魔女よ」

女の人は、ルルーを見据えました。「大事なものの価値を、失ってから気づいた魔女。ここが自分の探してた場所だったって、わたしの『月影の都』だったんだって、なくしてから初めて気づいた大馬鹿者の魔女よ」

幻の春のそよ風が、女の人の灰色の髪を揺らしていました。幻の花の匂いがしました。——昔に枯れてしまった、今はもう世界のどこにも咲いていない花の匂いが。

幻の中で、ルルーは立ちつくしました。

「ごめんなさい……」

やっと、そう呟きました。「すぐに……この魔法、終わりますから、あと少し、がまんしてください。わたし——わたしは、してはいけないことを」

二度と取り戻せないものへの思いを、ルルーは知っています。呼んでも還《かえ》らないとわかっていても、その人の名前を呼んでしまう日々の記憶を。優しい思い出なんかなければよかった、記憶なんか消えてしまえばいいのに、そんなふうに思ってしまうことさえあるということを。

ルルーはうつむいて、泣きました。

「ごめんなさい。……ごめんなさい」

幻の小鳥が、空で鳴いていました。

やがて、風の丘の魔女が、優しい手で、背中をなでてくれました。

「いいのよ、いいの。わたしが悪かった。あなたはわたしによいことをしようとしてくれたのにね。それがわかってたはずなのに」

灰色の髪の魔女は、明るい声で笑いました。「わたしも馬鹿ね。せっかく訪ねてきてくれた小さな魔女を元気づけて帰してあげるつもりだったのよ。ほんのちょっとしたことでうろたえて、自分から化けの皮はがしちゃって、どうしようっていうのよね？」

ルルーは涙でぼやけた目で、村をみました。

村では幻の人々が、春の一日を暮らしていました。大地の魔法はこの地から消えさった人間たちの記憶までを蘇らせ始めたのです。

まるで生きている絵本のように、人々はそこで笑い、働いていました。井戸のそばで立ち話をする女たちや、パイプをふかしながら、荷車の手いれをする男の人。猫が寝そべり、子どもたちは、子犬と遊んでいます。

風の丘の魔女は、静かに幻をみつめていました。懐かしい風景の絵をみるような表情で。

（あの人は、あの中で暮らしていたのね）

ルルーは、涙をのみ込みました。あの人が、あの風景の中の人達と出会うことは、二度とないのです。言葉を交わすことも。

風の丘の魔女が、遠くを指さしました。

「ほら、あれが、ユーリィよ」

丸い広場がありました。野薔薇が絡まる塀に寄りかかって、女の子が、空をみていました。薄青色の目が、ルルーに似ていたかも知れません。その子は憧れるような眼差しで、空を動いてゆく雲を見上げ、光のように通り過ぎる鳥の影を見上げて、微笑んでいました。

「――ありがとう」

晴れやかな笑顔で、魔女がいいました。「たとえ幻でもいい。村の人達の――ユーリィの笑顔がもう一度みられてよかったわ。だって、これからはずうっと、幸せな笑顔の人達を覚えていることができる。もう二度と地上にこの風景を取り戻すことができなくても、わたしの心の中では、永遠にこの村は春の村なの。それが、最後の記憶になる」

魔女は、ルルーを抱きしめてくれました。「素敵な贈り物をありがとう。――これで、わたしは、誓ってほしいものは何もないわ」

その時でした。広場の方から、幻のユーリィが、走ってきたのです。

ユーリィは、風の丘の魔女の前で立ち止まり、息を切らせて見上げると、いいました。

「こんなとこにいたのね。よかった。どっかにいっちゃったかと思った」

「わたしは、どこにも、いかないわよ」

風の丘の魔女は、身をかがめ、優しく答えました。

「そうよね。約束したもんね」

ユーリィはうなずくと、「いこう」と、風の丘の魔女の手をとりました。

「ほら、みんな待ってる」と、振り返り、どこかを指さしていいました。

桜草の波の中に、佇《たたず》んでこちらを見ている人々がいます。

幻の村の人々が、若い人も年老いた人も、子どもたちも、笑顔でそこにいて、こちらの方を楽しげにみているのでした。

気の短そうな老人が、手を振って叫びました。

「早く来んか。魔女は、行動が遅いから、好かんのだ」

風の丘の魔女は、やれやれというように笑うと、ルルーを振り返り、「じゃあね」と、いいました。「幸運を祈るわ。いまのわたしにはもう、良いまじないをする力なんて欠片《かけら》もないかも知れないけれど。でも、精一杯あなたのために祈る」

魔女は微笑み、そして、いってしまいました。

ユーリィと、しっかりと手をつないで。桜草の揺れる野原を。

空が銀色に光りました。強い風が吹いて、草木が音を立てて揺れ、風が流れました。

そして――気がつくと、ルルーはそこにひとりきりでした。

そこは元の通りの冷たく白い雪原で、冬の灰色の空からは、静かに雪が舞い降りてきていました。あの美しい村は、どこにもありませんでした。

風の丘の魔女の姿も、消えてなくなってしまっていたのです。

8

『ルルー、ルルーったら、起きてよ』

泣きそうな、ペルタの声がきこえました。『ねえ、死んじゃうったら、このままじゃ』

ルルーは瞳を開きました。こわばったからだで、身を起こしました。

そこは、あの魔女の家の玄関の扉の前でした。

辺りには、誰もいません。吹き渡る氷混じりの風の音の他は、ただ静かで、細かな雪が降っているばかりです。

「――風の丘の魔女は、どこにいったの？」

ルルーが呟くと、ペルタが『何いってるの？　ルルー』と、心配そうにいいました。

『もしかして、夢――みてたの？　魔女と会う夢……』

「――夢？」

ルルーは、呆然として、灰色の空を見上げました。

身を翻して、背後の扉を開けました。

暗い部屋の中には、枯れた苗の植わった苗床がありました。蜘蛛《くも》の巣のはった暖炉の前には、ルルーと魔女が座った通りに、いすがふたつ置いてありました。お茶のカップも、ありました。――でも、いすにもカップにも、埃がつもっていたのです。

白く厚く。それは、十数年ぶんもの厚さで。

「――そうよね。こんなに寒い辺境の村で、人間になっちゃった人が――若い女の人が、ひとりで生きていけるはずがないのよね」

しんと冷えきって、音のない部屋で、ルルーは自分にいいきかせるようにいいました。

小さなテーブルの上に飾られていた古い人形をみつけて、抱き上げました。

「……あの人は、村が滅びたあと、いつまで生きていたのかしら？　わたしが会った最後の冬は、ひとりになって何年後の冬だったのかしら？」

ルルーは、ひっそりと泣きました。

ペルタが、驚いたように、訊きました。

『何をいってるの？　なぜ泣くの？』

「いつか、話してあげるわ。いつかね……」

9

慌ただしいノックの音とともに、玄関の扉が開いたのは、その時でした。

いつのまにか強くなっていた雪風と一緒に、まるで吹き込むように、知らない若い女の人がひとり、部屋の中に駆け込んできたのです。

「魔女様、風の丘の魔女様は、いらっしゃいますか？」

雪まみれの女の人は、毛布でくるんだ小さな子どもを、抱きしめていました。

「どうなさったんですか？」

ルルーが訊ねると、女の人は必死な表情で、

「この子が病気なんです。どんなお医者様にみせても、もう駄目だっていわれるんです。小さい頃、お伽話で、北の辺境のここには、優しい魔女様がいらっしゃるってきいたことがあって……だから、だからわたし——」

熱があるのか顔が赤い子どもは、ただぐったりとして、眠っていました。まだ赤ちゃんといってもいいくらいの、小さな女の子でした。

「——あの、こんな辺境まで、どうやって？」

「途中までは馬車で。でもぬかるみに車輪がとられてしまって。馬が逃げて。それからは……」

長い長い距離を、この若いお母さんは、凍えながら歩いてきたのでしょう。狼たちの姿や遠吠えにも怯《おび》えたに違いありません。疲れきって今にも倒れそうな様子で、でもぎゅっと、子どもを抱きしめているのでした。

「——あの、風の丘の魔女様は、どこに？」

ルルーはうなずきました。

そして、若いお母さんと、小さな女の子にいいました。

「わたしが、魔女です。治してあげましょう」

熱さましの薬草と、その子の病気――背骨の奥に悪いところがあるための熱なのだと、ルルーは一目で見抜きました――を治すための薬草は、天井から吊《つる》された薬草の束の中にありました。埃だらけでも奇跡的にまだ使えそうでした。ただ、薬草から薬を作るためには、火と水がいります。冷えきった部屋も、病気の子と疲れたお母さんには毒でしょう。

「ちょっと待っててくださいね。今、暖炉に火をいれますから……」

若いお母さんは、ぼうっとした表情でうなずきました。夢をみているような気分なのかもしれないな、と、ルルーは思いました。

（もしかして、ここで本当に魔女に会えるとは思ってなかったのかもね）

ここに魔女がいるということを、実は信じていなかったのかもしれない、と思いました。

暖炉は、少し掃除しただけで使えるようになりました。ただし、ごみや埃でつまった煙突だけは、風の魔法で、派手に掃除しなければなりませんでした。外に埃をふきとばしたのです。ものすごい音に、お母さんはびくっとしたようでしたが、ルルーは愉快でした。

（人前で堂々と魔法を使ったのって、初めてだわ）

暖炉のそばに、埃まみれで積んであった古い薪《たきぎ》は、炎の魔法で、湿り気をとばして、そのままごうごうと燃え上がらせました。

暖炉の中にさがっていた鉤《かぎ》に、外からとってきた雪の塊をいれた鍋をぶらさげました。

ぱんぱんと手をはたいて、

「お湯が沸いたら、すぐに薬を作りますから」

と、笑顔で親子を振り返りました。

お母さんは、目を見開いた人形のような顔になっていて、それでも「お願いします」と、消えいりそうな声でいって、頭を下げました。

お母さんは、ルルーが埃を拭《ふ》いて勧めたいすに、子どもをしっかりと抱いて座っていました。子どもは、さっき少しだけ目を開けて泣きましたが、今はまた、眠っています。暖炉の火のそばにいるので、さっきよりもよほど具合が良さそうに見えました。

死神の影を背負っているような痩せた子どもでしたが、ルルーには助けられるという自信がありました。自信――というよりも、何とかしなければという思いが、胸に湧いてくるのです。ここにはルルーしか魔女はいません。ルルーがその手で助けるしか、道はないのです。

お湯が沸いてくると、ルルーは袖《そで》まくりをして、薬草をいれました。

『分量が大事なところよ』

風の丘の魔女の声が、きこえるような気がしました。『小さい子は、薬が効き過ぎてもよくないの』

大丈夫です、と、心の中で、ルルーはうなずきました。

指先が、必要な薬草の分量を知っています。作る手順を、覚えています。

だって、それが、魔女というものなのですから。

やがてできあがった青色の薬を、ルルーは、風の魔法で冷ましました。

お母さんの腕の中にいる女の子をそっと起こして、戸棚にあった銀のさじで、そっと口にいれました。小さな女の子は、眉の間に皺をよせましたが、ちゃんと必要なだけ、飲み込んでくれました。

ルルーとお母さんが見守っているうちに、女の子の速かった呼吸は、ゆっくりになり、すっかり熱が下がって、寝顔が幸せそうになりました。

ルルーは自分の額の汗を拭きました。

「もう大丈夫だと、思います……」

「――ありがとうございます」

お母さんが女の子を抱いたまま、いすから落ちて床にくずおれそうになったので、ルルーは危うくその子を受け取って、胸に抱きました。

お母さんの腕を何とか引っ張って――ひそかにペルタも手伝いました――いすに座りなおさせると、若いお母さんは、深い息を吐き、気絶するように眠りに落ちました。

『……疲れてたんだねえ』

「本当にねえ」

ルルーは、小さいけれど重たい女の子を抱いて、もうひとつのいすに座りました。

それはさっき、時を超えた、幻のような時間の中で、風の丘の魔女が腰掛けていたいすでした。木彫りのいすはあたたかな座りごこちで、ルルーは毛布に包んだ女の子から伝わってくる重みとミルクの匂いに、懐かしいような幸せな気持ちを感じました。

女の子は、小さくて、か弱いからだをしていました。でも、たしかに生きていて、ずっしりと重くて、呼吸していました。

寝息を聞いているうちに、ルルーもつい眠くなってきて、うとうとしてしまいました。

――と、誰かに呼ばれたような気がして、ルルーは目を開きました。うつむいていたルルーの顔のすぐそばに、女の子の顔がありました。汗ばんだ小さな顔の、黒い瞳がぱっちりと開いていて、ルルーをみつめていました。

にこ、と笑いました。そして小さな指で、ルルーの服の胸の辺りをつかむと、ぎゅっと握りしめました。強い力でした。

(大丈夫だ――もう死なないわ……)

ルルーは子どもの上に顔を伏せました。

大声を上げて、誰かに感謝したいような気持ちでした。

振り返れば、ぐらぐらするほど怖い経験でした。自信があっても怖かったのです。顔がゆがみ、目に涙がにじみました。

ルルーは、子どもを抱きしめました。

（わたしが、助けたんだ——この子を……）

涙が落ちました。あたたかな涙でした。

（わたしが、わたしの力で——）

10

吹き荒れる雪風の間をぬって、遠くから、馬車の音がきこえてくるのに気づいたのは、その時でした。年老いた馬のいななきが、鈴と、古い車輪のきしむ音が、この家へと——風の丘へとのぼってきています。

ルルーは信じられない思いで、ただ、玄関の方をみていました。

馬車は家のすぐそばで停まりました。何人かが降りる気配がして、足音が近づき、やがて、控えめなノックの音がしました。

ルルーは小さな女の子を抱いたまま、駆け寄るようにして扉を開きました。

そこに——あの家族がいました。

「ルルーったら、こんなところに……」

雪に濡れたレナが、ルルーを抱きしめようとしました。でも、ルルーの腕の中には小さな女の子がいたので、そのまま腕をひきました。

ホルトさんがほっとしたように息をついて、一言、「迎えにきましたよ」と、いいました。口元がやわらかく微笑みました。

その隣で、カイが得意そうに、

「ルルーはきっとここにいると思ったんだ。ぼくが思いついたんだよ」

白鼠が、その服の衿元から顔をだして、ひげをうごめかせました。

『狼がでたよ。でもバーニイが、この馬車にいるのは魔女の子のルルーの家族だ。ルルーを捜して会いにゆくところなんだっていったら、通してくれた』

年老いた馬は、雪の中で白い息を吐いて、大きな首をぶるぶると振りました。

『帰ろう、ルルー』と、優しい声で、いいました。

カイの顔色をみて、ルルーは驚きました。

「――どうして、薬を飲まなかったの？」

カイはうつむきました。笑顔が消えて、虚ろな目の色で、いいました。

「飲めないよ。飲めるわけないじゃないか」

「――魔女の薬だから？」

「違う」と、カイは顔をあげました。「ルルーがぼくのことを許してくれるまでは、飲まないって決めたんだ」

小さな女の子が、ルルーの腕の中で、寒いとむずかりました。

ルルーは家族たちを部屋へと通しました。

女の子のお母さんは、いすでぐっすりと眠っていました。一度物憂げに目を開けましたが、また寝てしまいました。だからルルーは女の子を抱いたまま、ぽつりぽつりとこの親子の話をしました。風の丘の魔女の話をしました。

暖炉の火が、昔の通りにあたたかく燃えていました。

外では雪が、降りしきっていました。

カイが、床に目を落として、いいました。

「……ごめんね、ルルー。あの時、逃げて、ごめん。ぼくは怖かったんだ。橋の上で、ルルーが魔女だって知った時、世界の果ての魔物が急に目の前にいたような——そんな気がしたんだよ。だってぼくは怖がりなんだものね」

カイは、自分を笑うように、いいました。「ルルーがいなくなってから、考えた。どうして怖かったんだろう、って。友達だったはずなのに、って。そもそもぼくはどうして魔女を怖いと思うんだろうって。考えて考えて、そして、いろいろな怖い言い伝えのせいもあったけど、『違う』から、怖かったんだって、気づいたんだ。

だってぼくには——ぼくらには、魔女の気持ちがわからない。魔女はいろんな魔法が使えて、薬が作れて、長生きで——そういう魔女が、何もできないぼくたち人間のことをどんなふうに思っているか、わからなくて——それが、たぶん怖かったんだ。でも——でもね……」

カイはルルーをまっすぐにみつめました。「魔女の気持ちはわからなくても、ぼくは、ルルーの気持ちならわかるかもしれないって思ったんだ。

ぼくの大事な友達の、気持ちなら」

カイの薄茶の瞳は、とても澄んでいました。

「ルルーがいなくなる前ね、ルルーがぼくの世界でたったひとりの友達になるかもしれないって思ってた。生きているうちに二度と友達は作れないだろうって。それでもよかった。それくらいぼくはルルーのことが好きだったんだ」

ルルーは、うつむいて笑いました。

「――カイは、世の中を知らないから」

「違うよ。運命の出会いだよ。――あ、もう魔物の話はしないでね。でも、そんなルルーのことを、ぼくは何も知らなかったんだ」

「それはわたしが、自分のことを話さなかったから……」

「大切な友達なら、知ろうとしなきゃいけなかったんだよ。明るいルルーや優しいルルー、ひとり旅ができる、強い女の子のルルーだけじゃなく、もっと他の……魔女の、ルルーを。

本当に目の前のきみを好きでいるために。

ぼくは、ルルーがどんな気持ちで生きてきたのか考えてみた。魔女って長生きなんでしょう？　長い長い時間を、正体を隠して、ひとりぼっちで旅しながら生きていくのって、どんなに辛くて怖いことだったろうって……思った」

カイは、目に涙を浮かべました。「……ぼくね、いつも、自分はなんて不幸な子なんだろうって思ってたんだ。病気がちで何もできなくてかわいそうだって。でもそんなの、ルルーに比べればたいしたことじゃなかった。ぼくには、父さんも姉さんもいたんだもの。ルルーが、うちの子になってほしいっていわれてどんなに嬉しかったか、どんなに困ったか、ぼくにはやっとわかった。だから――わかったんだ。ぼくが、みぞれの夜に橋の上でしたことが、どんなに酷いことだったか」

「――もういいわ。もういいのよ」

ルルーは首を横に振りました。この世のどんな嬉しい言葉も、自分はもういらないと思いました。

でも、カイはいいました。

「ごめんね、ルルー。許してほしいんだ」

ルルーの肩に、そっと手を置いて。

「あたしたちのことも、許してね」

レナが、両手をあわせて、いいました。

「ルルー、カイからあんたのことをきいた時、あたしはやっぱりちょっと怖い気がしたわ。

ごめんなさい。でもね、ほんとは、前から、あんたのことを、普通の子じゃないって思っていたのよ。父さんも、そう思ってたっていったわ」

ホルトさんが、娘の言葉に、笑顔でうなずきました。

「だからね、怖いよりももっと、ああそうだったのかって思ったの。そりゃね、話したこともない知らない魔女がいきなり目の前にいたら、びっくりしたり、ひょっとしてやだって思ったかもしれない。でも、ルルーは、あたしたちの知っている女の子だったんだもの。あたしたちの、大切なルルーだったんだもの」

レナは自分でうなずくと、訊きました。

「ルルー。あんた本当は、いくつなの？」

「──百と十年、生きています」

レナは、ゆっくりと、いいました。

「あたしたちが──あたしが好きになったルルーはね、普通の十一歳の女の子じゃなくて、百十年もの間この世界で生きてきて、さみしいことや辛いことをいくつも経験してきて──幸せって言葉の意味を教えてくれる女の子なのよ」

ホルトさんが、優しい声でいいました。

「ルルーが魔女なら、わたしたちはこの世のすべての魔女を好きになると決めたんです」

ルルーは女の子を抱いて、泣きました。窓越しにみえる雪風が、光のようにきらめいてみえました。

カイが、そっと訊きました。

「ねえ、ルルー。ぼくらのことを、許してくれる？」

ルルーはうなずきました。

そして、いいました。「だから……カイ、お薬、飲んでね」

「わかった」

カイは答えると、ポケットから大事そうに、緑色の薬が入った小さな瓶をだしました。てのひらで拭《ぬぐ》って、蓋に手をかけました。そうして、みんなを見回して、大きな息をしました。あおむいて、一気に飲みました。

少しして、レナが身を乗り出して、「どうなの？」と、訊きました。

「美味しかった」と、カイは答えました。

ルルーは、笑顔でうなずきました。

「子ども用に、甘い味つけにしたもの」

「ああ、それは嬉しいけれど……ぼくもう十一歳なのに」

「もう、そういう意味じゃなくって」と、レナが足を踏みならすようにすると、カイが、

「あれ」と、胸元を押さえました。

「なんか――あったかくなってきた……」

それからのカイの顔色の変化は、まるで春の花が咲くのをみているようでした。白かった頬にさあっと赤みがさし、薄いくすんだ色だった髪の色が濃くなって輝くような金色になり、もう一度顔をあげた時には、背丈さえ伸びていたのです。

ルルーはカイを見上げて、笑いました。

「胸の奥に、とても冷えていて血が流れていないところがあったの。そこをお薬の力で治したのよ」

レナが、みとれるようにいいました。

「カイ……あんた、すごいハンサムよ」

「え？　そうなの？　……やだなあ」

そういったカイの声は、今までの、澄んでいても細い声ではありませんでした。カイ自身が驚いて耳を澄ませるほどの、艶とはりのある美しい少年の声だったのです。

「ルルー、ぼくは――ぼく……」

カイはただ、ルルーをみつめました。

「よかった」ルルーは、笑いました。「これからは歌がうたえるわよ。指も強くなっただろうから、楽器だって、きっと弾ける。どんな楽器をあなたは選び、奏でるのかしら。世界中のどんな綺麗な曲も、カイのものよ。いつか、歌や楽器をきかせにきてね」

「いつか、って……ルルー？」

「わたしはここに残る。風の丘の魔女になるの」

カイが息を呑んで、詰め寄るように、

「許してくれるって、いったじゃない？」

「それとは——関係ないの」

ルルーは家族たちの顔をみました。腕の中の、あたたかく重い子どもを抱きしめて。

笑顔でいおうと、心に決めました。

「ここには、風の丘には、魔女がいなくちゃいけないんです。だからわたしは、一緒にいけません」

「どうして？」と、レナがいいました。「こんな寒い辺境に、なぜルルーが残らなきゃいけないっていうの？」

「わたしが、決めました。誰が決めたの？」

「だから、どうしてよ？」

ルルーは大好きな人達に笑いかけました。

「わたしが魔女だからです。わたしじゃなくちゃ救えないからです。風の丘にはきっとこれからも、助けを求めて誰かがくるからです」

「そんな。ルルーの幸せはどうなるのよ？」

その時、テーブルの上で、ただのぬいぐるみのふりをしていたペルタが、振り返り、高い声をあげました。

『そうだよ、ルルー。みんなと一緒にいきなよ。この家で、いつくるかわからない病人や怪我人を待って、一生暮らすの？　ひとりで？

レナさんのいう通りだよ。ルルーの幸せは、どうなっちゃうんだよ？』

レナはびっくりしたようでしたが、何やら納得して、うなずきました。

「その生きてるくまさんのいう通りよ。ルルーは優しい子だけれど、もっと自分の幸せを考えたっていいと思うわよ」

ルルーは膝の上の女の子を見下ろしました。その子はさっきから上機嫌な笑顔でした。甘い匂いのする柔らかな髪をなでて、ルルーはいいました。

「わたしの幸せは、この子です。そして、この子をつれて辺境まできてくれたお母さんも――元気になったカイも、わたしの幸せです」

ルルーは、いいました。「『月影の都』は、わたしの心の中にあったんです。幸せはわたしのこの手が作りだすもの。この辺境もわたしには世界でひとつの美しい都なんです」

家族たちは、もう何もいいませんでした。ホルトさんがルルーに微笑みかけました。その腕でそっとレナとカイの肩を抱きました。

ルルーは、明るくいいました。

「春になったら、この村は桜草がとても綺麗なんですって。だから、いつか、みにきてくださいね。それと——あのね。こんな遠くまで迎えにきてくださって、ありがとうございました。とても……とても嬉しかったです」

泣かずにいえたと思ったのに、最後に笑顔を作ろうとしたら、頰に涙が落ちました。

11

小さな女の子の病気が完全によくなって、馬車の旅に耐えられるようになるまで、ホルトさんたちは風の丘の家にいてくれました。女の子とお母さんを、旅のついでに、遠い街の女の子の家まで送ってくれることになったのです。

ホルトさんの馬車には、塩漬けの肉や、野菜や果物がたくさん積んであったので、旅立ちまでの二週間ほどの間、みんなでわけあって食べました。

ルルーにとってはつかの間の、懐かしく賑やかな暮らしでした。ホルトさんたちは、古い家の掃除をしたり、壁のひび割れを直したり、カーテンのほつれたところを縫い直したりしてくれました。女の子のお母さんも、物置にあったあまり布で、いすに置くためのかわいらしいクッションをふたつ作ってくれました。

明日が旅立ちの日、という日の夜に、レナがルルーを、廊下に呼びました。

「——これから、どうやって、生活していくつもりなの？　お金とか、ちゃんとあるの？」

　ルルーは、曖昧《あいまい》にうなずきました。

「あることは……あるんですけど」

「どうしたの？」

「女の子のお母さんが、すごい金額を、お礼だっていって、くれたんです。

　どうしよう……」

　無理やり渡された重い金貨の袋を、断りきれずに受け取ってしまって、後悔していました。レナにはとてもいえない金額でした。

　レナは、うなずいていいました。

「あの人、お金持ちの若奥さまふうだものねえ。いいじゃない。もらっちゃえば？」

「でも……」

「人間ひとりの命救ったと思えば、安いものよ。お金があるとこからは、もらえばいいわよ。くれるってものをもらうのも人助けだわ。これからも、お金持ちからは遠慮なく、たんまりとお礼金をもらいなさいね」

　言葉のはしが、風の丘の魔女の物言いに似ていて、ルルーはふと、その人からいわれているような気がしました。

　レナはポケットから何かをだして、ルルーの手の上にのせました。一枚の金貨でした。

頭をかいて、

「お金持ちの奥さまのお礼金には、とってもかなわないような金額だろうけどね。でもこれは、あたしたち一家からの薬代。父さんからルルーに渡しなさいって預かったの」

「そんな……受け取れません」

「まあまあ、もらっといてよ」

返そうとしたルルーの手を、レナの手が包みこむようにしました。

身をかがめて、微笑みました。

「あたしたちには、これくらいのことしかできないんだから、どうか受け取ってよ。遠慮しなくていいのよ。思いだしてよ、これ、ルルーがいなかったら、詐欺師のじじばばにとられてたお金なのよ。大事な金貨を、こうして大切な時に、大切なあんたに渡せて、よかったわ。本当に、ありがとうね、ルルー」

ルルーは、金貨をそっと握りしめました。

12

旅立ちの朝は晴れていて、青瑪瑙《あおめのう》のような空が、どこまでも続いていました。

「ルルーの目の色と同じだね」

カイが、空を見上げていいました。

レナがひじでその背中をうって、

「何きざなこといってんだか」と、笑いました。でもそのレナも、空の色にはつくづくとみとれて、そしていいました。「今度ここにくる時は、きれいな色の服を縫ってきてあげるわね。春物と夏物と秋物と冬物と……普段着とおしゃれ着と、それから、どんな立派な人に会うことになるかわからないから、とっておきのよそゆきも縫うわ」

両腕に筋肉のこぶを作っていいました。

ペルタが『ぼくのは？』と、ききました。

「当然、あんたのも、お揃いで作ったげる」

「あの……わたし、わたしも——」

若いお母さんが、胸を押さえていいました。「わたしも、魔女様の——ルルーさんの、お部屋着を縫います。それから、街で、ルルーさんのお話をします。お伽話の通りに、魔女が風の丘に本当にいるってことを、怖くなんかなくて、とてもかわいらしい魔女なんだってことを、みんなにきっと、伝えます」

ルルーになついて、その腕から離れようとしない我が子をみて、誓うようにいいました。

「このことは、一生、忘れません。きっと、わたしの幼い娘も、そうでしょう——」

そして、ひとりひとりルルーに手を振って、人々は馬車に乗ってゆきました。御者台に

上がり、手綱をとったホルトさんが、

「忘れないでくださいね。離れていても、わたしたちは家族なんですからね」

いつもの笑顔で、いいました。

白い鼠を肩にのせたカイは、幌の中から笑顔でルルーをみつめていました。何もいいませんでした。でもルルーには、いいたいことがわかりました。

じゃあ、と手をあげて、ルルーはみんなと別れました。

軽い調子で。さりげない感じで。笑顔で。

馬車は空の下を遠ざかってゆきました。空には、氷のように透き通った半月がかかっていました。どこか遠くから、風に乗って、知らない街の鐘の音がきこえてきました。

ルルーは、月に太陽に星に、そしてはるかな青空に、別れた人々の幸せを祈りました。

晴れやかな鐘の音は、いつまでも鳴り響いていました。


やがて、北の辺境に春が訪れました。風の丘から見下ろす静かな村は、緑の草波に包まれ、そこに散る桜草の星々で輝きました。

そんな、ある昼下がり。ルルーが散歩をしていると、高い空を白鳥の群れが通り過ぎました。ここよりもさらに北を目指して旅する白鳥たちでした。――と、群れの中の一羽が、舞い降りてきて、いいました。

『ねえ、あなたルルーよね？　魔女の子のルルーよね？　わたし、知ってるわ。秋の時分に、あなたをどこかの大きな街でみかけたことがあったもの』

ルルーは、笑ってうなずいて、

「ええ、わたしは魔女のルルーよ。でもごめんなさい、わたし、あなたのことを、よくは」

いいのいいの、と明るく白鳥はいうと、

『魔女の子のルルー。南から旅してきた仲間から、こんな話をきいたわ。その白鳥はね、南の街であなたの歌をきいたんですって。太陽みたいな髪をした男の子が、お父さんのバイオリンにあわせて優しい魔女の子の歌をうたってた。ルルーって名前の魔女の子の歌よ。そりゃあ綺麗な声だったって。人間で、あんなに歌がうまい子を知らないって、その白鳥はいってたわ。あんまり自慢するもんだから、「ルルーって子なら、わたし知ってるわ」っていってやったのよ。優しい魔女の子のルルー、あなたのことよね？』

「はあ。まあ——たぶん」

ルルーは顔をぽっと赤くして、「それで、その子元気だったのかしら？」

『歌のあと、広場でとんぼがえりしてたって。でも、そっちはてんで下手だったとかいってたわ。ころんじゃって、家族みんなで笑ってたって』

ルルーは微笑みました。白鳥は、それじゃあね、というと、仲間たちが待っている空の方へとはばたいてゆきました。

ルルーは、しばらく空を見上げていました。手を後ろで組んで、しばらくぶらぶら歩くと、やがて家の中へと帰りました。そろそろお茶の時間です。

風の丘を包む緑の波に、咲き誇る桜草に、春風は吹き渡りました。桜草は、黄や桃色の花を揺らして、遠い昔の歌をうたっているようでした。

★ 頁の間の物語 1

ふと窓の外を見ると、日が陰ってきていた。

「あ、そろそろ帰らなきゃ」

バイトの夜の部が始まってしまう。遅刻しちゃうよ。

「またね、沙綾」

声をかける。パイプいすを片付けて、荷物をまとめながら。

部屋を出るとき振り返ると、その眠る表情が柔らかいから、どうしても、わたしの声がきこえているような気がしてしまう。いまにも目を開けて、「またね」と言葉を返してくれそうな気が。

一呼吸の間だけ、返事がくるのを待って、それからわたしは部屋を出た。さっき、ちょっと出かけていったばあやさんが、そろそろ戻ってくるはずだから、沙綾は寂しくはないだろう。

沙綾の目が開くことはない。いやいつかは、とは思っているけれど。でも今日明日突然って幸運は、どうやらないって、少しずつ、わかってきた。

あの子は、冬に肺炎で高い熱を出して、それっきり目が覚めなくなってしまった。自分で呼吸もできているのに、からだのどこにもおかしいところはないのに、ただ目が覚めなくなってしまった。

眠り姫みたいに、沙綾は眠り続ける。眠りの世界から、帰ってこない。まるでこの世につなぐためのコードみたいな、胸に挿《さ》した点滴だけで栄養をもらって、そうして生きている。

目が覚めないのは、わたしのせいかも知れない。

あの冷たい雨の日に、公園で沙綾をひとりぼっちにさせたのは、わたしだから。あの場所でいつまでも待たせて、いかなかったのは、わたし。

だからわたしは、毎日この部屋に来るのかも知れない。

扉を開けると、廊下を急ぎ足で歩いてこようとしていた、白衣の若いお医者さんに、「やあ」と声をかけられた。千鶴《ちづる》先生だ。残念そうに、

「ああ、もう今日の朗読の時間、終わっちゃったの？」

「はい」

千鶴先生は、ちっちゃくてかわいくて、白衣を着ていないと、女子大生みたいだ。わたしや沙綾とそう変わらない年みたいにみえる。そうして、いつも黒い目がきらきらしてて、

元気だ。わりとオーバーアクションなので、何か話すごとに、肩の上で切りそろえた髪が揺れる。

「南波ちゃんの美声を聞くと癒やされるから、少しでも聞きたかったんだけどな」

「……美声だなんて」

ふたりで階段を下りる。

先生は小児科の先生だけど、沙綾の担当のお医者さんのひとりでもある。なので、時間があるときは病室に回ってきて、わたしや沙綾に話しかけてくれる。ある日たまたま手にしていた、ルルーの本を朗読することを勧めてくれたのも、この先生だった。

「ほんとだよう。南波ちゃん、声優さんかアナウンサーみたい」

「子どもの頃、なりたかった時期がありました」

「あ、やっぱり？　──ならないの？」

階段を下りていきながら、ゆっくりと首を横に振る。

「才能ないって自分でわかりました」

好きなこととできることと、才能は違う。わたしには好きなことがたくさんあるし、頭悪いわりにわりと器用だからできることも少なくはないけれど、でも、たとえば沙綾のピアノみたいに、本当の才能と単に「できる」というのは違うってことが、今ではもうわかってる。沙綾のピアノには、音の一つ一つに光を詰めたような輝きがある。その場にいるだけで胸の奥にきらきらした波が押し寄せてくるのがわかる。わたしは本を読むことも、それからうたうことも、絵を描くことも好きだけど、わたしの作り出すものには、沙綾が生み出すものみたいな、特別な、きらきらした光はないって、わかってる。

「不思議なんですけど、それがその、あまり嫌でもないっていうか……」

なぜなのか、この先生には、ふだん思っていても言葉にしていなかったことを、話したくなってしまう。こんなこと、母さんにも話したことないのになあ。まあ母さんだと、話したからでもあるんだけど。

「それは努力が足りないからよ」の一言から、お説教になっていっちゃうのがわかってる

「好きなことやしたくなることがたくさんある自分が、素敵なことや素晴らしいことをみつけて、そうだって認められる、そんな自分が、最近、わりと気に入ってるんです、たぶん……」

階段を下りながらだと、真面目な台詞《せりふ》もいいやすいよね。

沙綾のピアノの音が素晴らしいってことを、誰よりもわかる耳を持っていること。それがわたしは誇らしい。――沙綾が眠ってしまってからは、特に、そう思ってる。

「ほうほう」

「そういうのも才能かな、って思うので」

「かっこいいじゃん」千鶴先生の声が弾む。

「ああでもわかる気がする。わたしね、昔から童話が大好きで、自分でも何回か書いてみたんだけど……でもなんか違うんだよね。だけど、世界に何冊も好きな本がある、とっておきの童話の本が何冊もあるんだよね。自分の手では上手な童話が書けなくても、そんな自分のこと、わりと気に入ってるもの」

階段を下りきった。一階の受付の辺りまで、千鶴先生は送ってきてくれた。

「先生」わたしは、出がけに振り返る。バッグの肩紐を握って、

「――人は、点滴だけで、どれくらい長く生きていけるんですか？」

千鶴先生は、ひとつまばたきをした。そして、笑顔で、

「たぶんみんなが想像しているよりも長く生きていけるんじゃないかな。昔、文献で読んだし、実際に長い点滴生活から元気に復帰した患者さんを見たこともある。だけど、南波ちゃんが知りたいなら、今度ちゃんと調べてあげるね」

わたしは先生に頭を深く下げた。

今のバイトを始めてから、お辞儀はきちんとできるようになった。他にもいくつか覚えたことがある。絵が好きだって気持ちだけでまぐれで入った学校で身についたことよりも、もっとたくさんのことを、これからも覚えていけそうな気がしてる。大学に行けなくなってから、最初のうちは、母さんからも責められるし、自分でも情けないしで焦っていたけど、もしかしたらもうこのまま戻らないという道もあるのかも知れない。

夕暮れていく空を見上げる。丘の上にある病院から見上げる空は、街中から見るそれよりも、晴れ晴れとして、そして果てしないように思えた。

「――いけない、急がないと」

手を振る先生に見送られて、ダッシュで病院の門をくぐる。

来るときは辛かった長い坂道が、駆け下りていくときは味方みたいな気持ちがする。わたしは肩から提げたバッグを半分振り回し、半分なびかせるみたいにしながら、坂道を駆け下りた。目の前にみえる繁華街、少しずつ明かりが灯り始めた街を目指して。

六月。梅雨になる前の、いちばん風が気持ちよい季節。

坂道を登るときも、風に汗を拭かれ、背中を押されるような気持ちになった。

「六月を奇麗な風の吹くことよ――」

正岡子規《まさおかしき》の詠《よ》んだ句を、つい口にする。小学生の頃、沙綾のお父さんに教えてもらった。

海外と日本を行ったり来たりしているその人は、あまり家にいなかったけど、たまに会うととてもかわいがってくれた。うちは昔に両親が離婚していて（母さん曰《いわ》く、お互いにさばさばと相手を捨てたから、だそうだ）、お父さんという人がいないから、その人にはいつも憧れていた。もっというと、沙綾とお父さんが一緒にいるところを、ちょっと離れてみているのが好きだった。あの頃は家が隣同士だったから、庭で花の手入れをしているふたりをたまたまみかけるなんてこともよくあって、そんなときは、そっと気づかれないように、ふたりのことをみてたんだ。ふたりきりのとき、沙綾はお父さんと外国の言葉で話していた。ふわふわとうたうようにきこえる、優しい響きの言葉。お父さんも同じ言葉でそれに答える。妖精《ようせい》の親子が会話してるみたいにみえた。

でもわたしに気づくと沙綾は明るい笑顔になり、わたしにわかる言葉で話しかけてくれた。

沙綾のお父さんは、静かで大きな樅の木のような人だった。部屋中にあるたくさんのいろんな国の本をみんな読んでいて、頭の中にもまるで図書館があるみたいに、ありとあらゆることを知っていた。生きることや命や、それから科学や文明、なんて難しいことを、あの頃、わたしの頭にもわかるように話してくれたのを覚えてる。完全にわかって覚えるには、わたしにはちょっとだけレベルが高すぎて、細かいことは今じゃみんな忘れちゃったんだけど、その人の低く静かな声を聞いているときの、遠い宇宙やはてしない海原がみえるような気持ちになった、そんな気分は今も覚えてる。

逆に沙綾は、小さい頃にお母さんを亡くしていたから、うちの母さんによく懐いていた。手作りのアップルパイなんて、小学生にして焼けてしまう子だったので、お土産だって提げてうちにちょこちょこ遊びに来て、母さんにすごくかわいがられてた。うちの子になって欲しい、なんていわれてたなあ。

沙綾がいうには、沙綾のお母さんはフランスの人で魔女の血を引いていたんだそうだけど、体が弱い人だったそうだ。魔法は余り使えなかったけど、たくさんの伝説やお伽話を知っていて、沙綾に話してくれた、と。先祖から伝わる呪文もいくつか教えてくれたから、それで沙綾は魔法が使えるのだといっていた。

「ルルーとお姉さんの話みたいだね」

あの頃、そういったら、沙綾はちょっと嬉しそうに、でも寂しそうに、笑ったのを覚えてる。

ほんの少しだけ、持っている魔力。数えられるくらいしか、使えない魔法。

学校の池の水面に、風もないのにいくつもの綺麗な波紋を浮かべたり、公園で捨てられていた子猫のために、落ち葉をあたたかな風で吹き寄せてあげたり。ほんの小さな、人によっては気のせいだって思うような、ささやかな魔法を、沙綾はわたしにみせてくれた。わたしにだけ、みせてくれた。

沙綾の魔法は、わたし達ふたりだけの間の秘密だった。

学校の図書館で、『風の丘のルルー』を、同じ本を読んでいる子達は、きっと、魔法なんて本の中にしか存在しないって思ってる。でもわたしたちは、魔女も魔法も、この世に存在するって知っていた。ほんの小さな、たとえば風が吹いたら吹き消されてしまいそうな蠟燭《ろうそく》の火のような、そんな魔法でも。

それでもときどき、沙綾は「大きな魔法」を使ってしまうときがあった。あの遠い日の五月に、道に落ちていたつばめを助けたときのように。そんなとき、沙綾は決まって後で、具合が悪くなって、寝込んでしまった。

沙綾が話してくれたことがある。たとえば、とても小さなグラスには、ほんの少しの水しか入らない。自分の魔力もそんなもので、ほんの少しの「水」しか扱えない。無理に水をたくさん入れようとすれば、きっと溢れてしまう。

魔法を使うということは、世界に満ちている火や土や水や風の、その精霊達の力を、自分の体の中に入れること。世界を支える力を、身のうちに取り入れて、その力を使うこと。魔女の遠い遠い末裔《まつえい》の自分には、たくさんの精霊達の力を受け入れることはできないから、無理をすれば「溢れて」しまう、と。

不思議な言葉。物語の中からきこえてくるような言葉。

わたしはいつも、胸をどきどきさせて、沙綾の言葉に耳を澄ませていた。

二年生から六年生までの、五年間。わたしたちは、魔法と隣り合わせの時間を過ごした。魔法と本とお菓子とお茶と、庭の緑と、沙綾が奏でるピアノのメロディと。プーランクにサティ。3つのノヴェレッテにジムノペディ。

沙綾とお父さんが、お父さんのお仕事の関係でフランスに行き、同じ頃、わたしと母さんもマンションに引っ越すことになって、そしてわたしたちの魔法の時間は終わった。

白い鳥みたいな翼の飛行機に乗って、沙綾は遠い国に行ってしまい、ひとりきり魔法のない世界に残されたわたしは、普通の人間の子どもの群れの中で、生きていかなければいけなくなった。そこで育ってゆくしかなかった。

熱くてさわがしくて乱暴で、みんなと競わなくてはいけない世界で、でもそれなりにわたしも成長し、生きていって。それなりににぎやかな楽しい時間も過ごして。

そのうちに、魔法なんてほんとにあったのかな？　沙綾が魔女の血を引く女の子だったなんて、あれは子どもの頃の空想だったのかなあ、なんて思い始めた頃、沙綾がこの街に帰ってきた。

同じ高校の、三年生として。

五年経って、綺麗だった女の子は、綺麗な女の人になって、帰ってきた。

代わり映えのしない、ありふれた姿の、やっと入った芸術系の女子大付属の高校で、授業についていけずに、コンプレックスの塊になっておどおどしていたわたしをみつけて、白百合《しらゆり》の花みたいな笑顔で、嬉しそうに笑った。

「沙綾、今日は、三巻の『時の魔法』を読もうかと思うんだ」

わたしはベッドの横のいすで、その本の頁を開く。「このお話、沙綾もわたしも大好きだったんですよ」今日は最初から部屋にいる、千鶴先生に説明する。「……もし、このお話みたいに、何かあってふたりが別れ別れになってしまうことがあっても、ずっと友達でいようね、って、約束してました。——何かあって、って、こんなことがあるとは思ってなかったけど」

急に目に涙が浮かんだ。あわてて手の甲でその涙を拭いた。

「いいタイトルね」千鶴先生は深くうなずく。「わたしタイムファンタジー好きだから、期待しちゃうなあ。わくわくする」

こちらに話を合わせたとか、そういう感じじゃなく、ほんとに期待しているような、きらきらした目をしていたので、つい笑ってしまう。かわいい。

でもこのかわいい先生は、どうやら「エリート」なんだって、病院でよく会うおばちゃんに聞いた。優しくて涙もろいけど噂話に詳しいおばちゃんに。

胸に源《みなもと》千鶴と名札をつけた、このまだ大学生みたいにみえるかわいらしい先生は、勤務先の小児科の病院から、研修のためにこの病院に一時的に来ているらしい。小児精神科の先生なんだけど、他の分野についても経験してきなさいといわれて、院長先生に送り出されてきたらしいとか。

実は千鶴先生は優秀な先生で、みた目より年齢もキャリアも上、いま手が足りていないこの病院に助っ人として派遣されてきたという噂もあるそうで——そういわれてみるとたしかに、千鶴先生がたまにわたしや沙綾をみる目には、優しさだけじゃなく、思わぬ鋭さが交じっている時もあって。そんな時、わたしが驚いて先生をみると、すぐにふわんとした笑顔になったことが、何回かあったのを思い出した。

千鶴先生が、本の朗読を提案した時の、その時のことを、今もわたしははっきりと覚えている。どきどきとした、魔法が始まるような気持ちになったことを。それは昔、子どもの頃に、沙綾といた頃に時々感じていた感覚で、懐かしかった。

その日たまたま、わたしはルルーの本持参でお見舞いに来ていた。小さな声で、沙綾にルルーのお話をふたりで読んでいた頃のことを話していたときに、そっと扉を開けて入ってきた先生は、優しい明るい声でいったんだ。

「彼女の耳に届くかも知れないから、その本、読んでみない？」と。

「意識がないようにみえても、耳だけはきこえているという話があるの。事故や病気でずうっと眠ったきりになっていた患者さんを、好きだった音楽を聴かせて、こちらに呼び戻した、なんて話もある。もし沙綾ちゃんが、このかわいらしい表紙の魔女の子のお話を好きだったのなら、物語を聞かせているうちに、戻ってきてくれるかも知れないよ」

そんなことがあるのかな、と思った。

そんなことがあればいいな、と思った。

もしこの声で、ルルーのお話を読むことで、沙綾が帰ってきてくれるのなら。子どもの頃のあの子が褒めてくれたこの声で、そういう「魔法」が使えるのなら。

わたしの声が届くまで、本を読もう、と思った。

謝るために。

友達だったのに、裏切ってごめんね、と、謝るために。


（でも……）

本を読み始めて、季節はもう初夏になった。

まだ、沙綾は目覚めない。

変わったのは、窓の外の緑ばかりだ。わたしの気のせいかも知れないけど、部屋の窓の外の木香薔薇と蔦の緑が、わたしがこの部屋に来るごとに、濃くなってきてるような気がするんだ。――気のせいかも知れないけど。いや気のせいにしては、すごく生長が早い気がする。花も次々につぼみがついて、咲いていく。早回しの動画か何かみたいに。

母さんにそう話したら、

「梅雨の前後は植物は一気に生長するものよ。それじゃゃない？」

と、笑いながら一蹴《いっしゅう》されたけど。

軽くため息をついた。――つい、千鶴先生に、その話をしてしまった。

普通のおとなには、そんな話したって通じないってわかってたのに。

「緑、ねえ」

先生は窓の外を見る。「特に気にしてなかったから、わからないなあ」

「……やっぱりわたしの気のせいなんでしょうか」

気のせいで、そして——すべてが錯覚で、子どもの頃の魔法の時間は、ただの楽しかった妄想の記憶だったのかも知れない。

魔女の話は、沙綾の作った空想の世界だったのかも。

小さい頃も、そんな風に思う瞬間はあった。でもわたしは沙綾の言葉を信じるのが楽しかったから、信じることにしてた。ごっこ遊びみたいな、そんな気分だったのかも知れない。話をあわせていれば、いつも物語の中にいるみたいな気持ちでいられた。

今は——今はどうなんだろう?

心の中で、自分に問いかけたくなる。でもそれをすぐにやめたくなる。

「どうかなあ」千鶴先生は首をかしげる。楽しげに、

「気のせいじゃあないかもよ。ほんとに蔦が凄《すご》い速さで茂っていってるのかも」

「えっ?」

「これはちょっとスピリチュアルな方の話になっちゃうけど——」

「スピリチュアルって、その……」

「ええと、そうね。魔法とか神様とか、そっちよりのお話、っていえばいいかな。この病院は、緩和ケアの施設もあって――ああつまり、からだや心に、とっても痛いところがある患者さんが入院する病棟ね、そこにわたし、お手伝いでよくいくのね。するとね、科学とか計算とか、そういうことだけでは割り切れないような、不思議な世界もあるのかもしれないな、って思うときがたまにあるの。

「ええと、たぶん。昔、お話の本で読みました、たしか」

「言葉には力があって、本当の想いを込めて話す言葉は、奇跡や魔法をもたらすんじゃないかなって、思っちゃうときがあるの」

意外だなあ、と思った。前に何かの本で、たぶんミステリか何かで、お医者さんというのは科学者だから、科学的なことしか信じないものだ、そうであるべきだ、みたいなことが書いてあった。

この人は、そうじゃないんだろうか？

千鶴先生は、楽しそうに言葉を続ける。

「だからわたし、魔女や魔法使いは、昔、世界のどこかには、本当にいたとしても、変じゃないなあって思うのね。そもそも何かを定義づけるとき、『いなかった』ことを証明するのは、誰にも不可能なんだし。だから、奇跡も魔法も、世界には存在するのかも知れない、力のある言葉のことを、呪文、や、祈り、と呼ぶのかもなって。そして、普通の人間のわたしたちが語る言葉だって、奇跡を起こすことがあるんじゃないかな、なんて思ったりもする。——だからね、南波ちゃんが、沙綾ちゃんのことを思って、心を込めて語る言葉が、窓の外の緑をわさわさ茂らせるとか、そういう奇跡があったとしても、おかしくないのかもな、って思ったりもするのよね」

ましてやこの本のお話に出てくるのは、優しい、人を癒やす魔法を使う魔女の子、でしょう？　と、先生は白衣の腕を組んで、うなずく。「実は、南波ちゃんの声を聞くと、睡眠不足も腰痛も忘れちゃうことがあるのよね。少なくとも、わたしにとっては、あなたの声は、たしかに、癒やしの魔法だから」

ちょっと照れながら、ありがとうございます、と口の中で呟く。

胸の奥が、どきどきする。この人は、魔法を信じてくれる人なんだ。

（もしかして、沙綾が魔女の子孫だって、話したら信じてくれる？）

（笑わない？）

（わたしたちふたりの秘密を、笑わないでいてくれるのかな？）

わたしはルルーの本を、その表紙をじっと見つめる。

青い花を手にほほえむルルーがそこにいる。『魔女のルルーと時の魔法』。魔法、か。

「——あの頃、わたしの声と沙綾のピアノは、ほんの少しだけ、魔法の力を持っているのかも知れないなんて空想してました」

わたしは、呟いた。

わたしたちはその頃、沙綾の家で、この本をわたしが朗読して、沙綾がピアノでＢＧＭを即興で弾いて楽しんでいた。それがわたしたちの飽きない遊びだった。学校帰りに、いつもそんなふうにして、ルルーのお話を楽しんでいた。六年生になるまで、ずっと飽きずに。同じお話を何回も何回も読んで。

沙綾の家のピアノの部屋の大きな窓越しに、草木の生い茂った庭がみえていた。蔦や蔓薔薇が窓越しに風に揺れる部屋で、木のいい匂いのするグランドピアノのそばで、わたしたちは、ルルーの世界での時間を過ごした。文章や言葉を声にすると、それにメロディが重なると、『白鳥王国』がそこに存在してくるような気がした。それはなんていうか……そう、召喚の呪文のような。

だんだん夕暮れてくる庭に、ふと視線を向けると、たとえば夏の草木の合間に、魔女の帽子とマント姿の赤毛の女の子が立っているような、ほうきを手に、そこにまさに降り立ってきてくれたような――そんな情景をみたことがある。沙綾に教えようとしたその前に、幻は消えちゃったんだけど。

「そんなとき、ヘリオトロープが庭の方をじっとみていたりして、あ、やっぱり今ルルーがいたのかな、なんて思ったり」

「血星石《ヘリオトロープ》？」

「あ、猫の名前です。沙綾の猫。灰色のペルシャ猫で、もう死んじゃったそうなんですけど……」

　このあいだ、ばあやさんに聞いた。あの頃もうすでにおばあちゃん猫だったから、仕方がないのかも知れない。静かで、あまり鳴かなくて、生きていた頃も、幽霊か精霊のように、ひっそりとそこにいるような猫だった。

「――あの頃って、お話の中の世界と、現実の世界がおんなじくらいに重くて、価値があって、リアルだったような気がします。わたしたちはルルーの世界が大好きで、これはお話でしかないってもちろん頭ではわかってるんだけど、でも、そう思いたくなくて、いつもルルーの本を鞄に入れて、学校に通ってました。枕元に置いて寝たりとか。そうしたらいつかルルーに会う夢がみられるような気がして。

　たぶんわたしたち、あの頃、ルルーと一緒に生きてました。本当に、友達だったんです。友達だから、いつも一緒にいたかったんですね。特に、その、小さい頃、ルルーの本を読み始めた二年生くらいの時は、わたし、部屋から部屋に移動する時にも、本を抱えて歩いたりしてました……」

「わあ、かわいい」

「それも、全七巻。重かったです」

「あはは。あ、でもわたしもそういえば、子どもの頃、『エルマーのぼうけん』が好きで、三冊抱えて歩いていた時期があったなあ」

「エルマー、わたしも大好きです。今も人気あるんですよ。ていうか、今は、オーディオブックとか、すごろくとかもあって……」

それからしばらくいまどきの書店の児童書売り場の話をしているうちに、ふと、思い出した。

「わたし、いつか自分がルルーに会えたら、『わたしが友達になるよ』っていおうと思ってました。実際、夢の中で会って、そういったこと、あるんですよ。ルルーはすごく喜んでくれました。目が覚めてからがっかりしちゃって」

わたしは開いた頁に視線を落とし、挿絵のかわいらしい巻き毛の魔女の笑顔をみつめた。

「──今、本当にルルーがいたらいいのになあ。ルルーに会いたいなあって思います。……もし会えたら、魔法の薬を作ってもらうのに、とか」

緑の蔦におおわれた窓から射し込む木漏れ日が木の床に揺れている。

木の床の上を、緑色の天鵞絨の魔女のマントの裾が、すうっと動いていったような気がして、わたしは目をこすった。床の上には、木漏れ日が揺れるだけだった。

（そう、本当にルルーがいれば……）

わたしはそっとうなずく。

本当に、今、あの子がこの世界にいればいいのに。どんな病いも怪我も治すことができる、優しい魔女の子がこの世界にいれば。

もし世界の北の果ての辺境の風の丘に、風の丘のルルーがいれば、赤い屋根に風見鶏が回る小さなかわいらしい家の、暖炉の側のいすに座って、今も訪問者を待っていてくれるなら、わたしはきっと海を越え、はるかな荒野も越えて、彼女に会いに行くだろう。

わたしの声は、静かに部屋の中に響く。優しく、ひそやかに。

魔女と魔法が存在する世界の物語を、語り始める。


「ヨーロッパの北の方に、『白鳥王国』という国があります。

その国の、ある地方に、昔、風野村という小さな村がありました。

その村のはずれに、風の丘という名前の小高い丘があり、丘には、屋根に、風見鶏のついた、一軒の家がありました。

その家に住んでいたのは、ひとりの魔女。炎のような赤い髪と、空の色の瞳をしていて、みた目には十一歳くらいでも、本当はもう百年以上も生きている魔女の子でした。

魔女の子は、どんな病気でも治すことができる魔法の薬を作ることができました。おまじないや占いをすることもできましたし、魔女ですから、もちろん、いろんな魔法を使うこともできました。

魔女の子は、不思議な力で、たくさんの人々を幸せにしました。

『白鳥王国』には、魔女の子の歌や伝説が残っています。

風の丘に住む魔女の子を訪ねて、王国のあちこちや外国から、いろんな人がやってきて、病気や怪我を治してもらったからです。その、それぞれの出会いが、たくさんの歌や伝説になりました。

魔女の子と出会った人には、おとなも子どもも赤ちゃんも、お金持ちもそうとはいえない人もいました。貴族や商人もいれば、サーカスのピエロや、画家や音楽家もいました。優しい男の子もいれば、ちょっとすねた感じの女の子や、とびきりおてんばな女の子もいました。でもみんなが、魔女の子を好きになり、友だちになっていったのです。

魔女の子は、風の丘の家を離れて、遠くへ旅することもありました。そうして、オーロラのみえる美しいお城で、悲しい秘密を抱えたお姫様と出会ったり、深い森の奥で、世界で最後の竜と話したりしました。妖精や人魚と出会ったり、幽霊船や海賊船に乗ったこともあります。時を越えて、大昔に滅びてしまった都の人々と話したこともあるといいます。

　そしてもちろん、お姫様だって竜だって、妖精や人魚だって、幽霊船や海賊船の船長だって、それから、遠い昔の幻の都の人々だって、魔女の子を好きになって、友だちになったのです。

　それから長い年月が過ぎて、風の丘の魔女は、今も、『白鳥王国』の人達の友だちで、みんなに愛される、大切な魔女なのです。

　このお話は、その風の丘の魔女、ルルーの伝説のひとつを、わたしが、物語のかたちに書き直したものです――」

第2話　時の魔法

1　森の化石

1

「疲れたなあ」

その頃のルルーは、よく、そんなふうに呟いて、ため息をついていました。

そのたびに、ペルタから笑われて、

『ルルーはいっつも、この風の丘で、毎日自分の好きなようにお散歩したり、お茶飲んだりで、お気楽な暮らししてるのに、一体何に疲れたってのさ?』

なんていわれてむっとするのですけれど。

「だって、疲れるものは、疲れるんだもん」

ルルーはいい返しながら、ああ余計に疲れちゃった、と、また、ため息をつきました。

——でも、どうしてこんなに疲れるのかな?

この丘で暮らし始めて、時が経つごとに、人間の友達も増え、以前に病気を治してあげた人達から手紙がきたり、そんな人達が遊びにきたりしてくれるようにもなっていました。

ルルーは幸せでした。幸せなはずだったのです。

夏の朝、薄荷の葉でお茶をいれている時にまたため息をつくと、ペルタが、

『またなの？　もう。疲れた疲れたって。そうか、やっぱり、ルルーもお年寄りなんだね。無理もないか。百と十歳超えてるし』

赤い髪と空色の目をしていて、人間ならば十一歳くらいの女の子のルルーは、実は百十年をとうに超えるほど、生きています。

「わたしは、まだ、子どもなの」

ルルーは両手を振り上げました。「魔女は人間よりか、年をとるのが、ずうっとゆっくりなんだから、百十年生きたって若いの」

『百十年も生きてるのに、いつまでたっても成長がないってのはいえてるかもね』

「ぬいぐるみのくせに、生意気よ、あんた」

『ほら、ぬいぐるみ相手に本気で喧嘩する辺りが、やっぱり、成長がない』

ルルーがまた手を振り上げた時、誰かが、玄関の扉を、ノックしました。

「……風の丘の魔女様の、お宅ですか？」

姿を現したのは、黒髪の賢そうな娘でした。

「はい。わたしが――その魔女ですけど」

娘は目をみひらき、嬉しそうに、うわあ、といいました。

2

娘は、長旅のあとなのか、薄汚れて、汗の臭いをさせていました。埃まみれのブーツをはいて、大きな旅行鞄を持っていました。その鞄をどんと床に置くと、

「わたしはカーリン。医者なの。ていうか未来の名医。医者の娘で修業中の身なのよ」

と、明るい声で、いいました。

「――お医者様、ですか？」

ルルーはペルタと顔をみあわせました。魔女のルルーに病気や怪我を治してもらおうとして、いろんな人が訪ねてきましたが、お医者さんなんて職業の人がきたのは、初めてのことだったのです。

「お医者様だったら、修業中でも、ご自分で、病気や怪我を治すことができるんじゃ？」

「嫌だ、わたしは健康よ」

娘は、楽しそうに笑いました。

「わたしはね、風の丘の魔女様から、いろんな知識を教えてもらうためにここにきたの。薬草の育て方や、薬の作り方、病気の治療の仕方、そんなものをね。そりゃ人間のわたしには、魔女みたいに完璧《かんぺき》には学べないと思うけど、教わった知識のほんのちょっとでも、

役立てられたらと思ったの。医者の科学と魔女の魔法が一緒になったら、いまよりもっと、たくさんの人が救えるかもしれないでしょ？　――あのう、いいかな？」

ルルーは笑顔でうなずきました。何だか面白そうな気がします。

カーリンは向日葵のような笑顔でありがとうといいました。

「遠くの都会からきたの。歩くの大好きだから、てくてく歩いてきたけど、でもまあ、本当に、風の丘って辺境にあるのねえ。おまけに狼がいっぱいの森と荒野の向こうにあってさ。一番近い街からの道のりが遠いってのは噂にきいてたから、野宿の準備はしてきてたんだけど、狼の群れに遭遇したときは食べられちゃったらどうしようかと思ったわ」

カーリンは大げさに身を震わせました。

「わたし、狼って好きなんだけど、それにしても、いっぱいいるんだもん」

ルルーは、くすっと笑って、

「狼さんたちはわたしのお友達なんです。風の丘にくる人達はわたしに用があるんだってわかってるから、食べちゃったりはしません」

森と荒野を歩いてくるなんて、元気なお姉さんだと思いました。一番近い街からここまでは、魔女のルルーだって、歩けば何日もかかるのです。普通のお客さんは馬や馬車でくる道のりです。この人はその上に都会から辺境までの道も、歩いてきたというのです。

娘は、疲れの欠片もみせない笑顔で、

「心配して損しちゃった。それにしても、魔女様が、こんなに小さなかわいい女の子だとは思ってなかったわ。風の丘の魔女は子どもだとか、灰色の髪のお姉さんだって噂もきいてはいたんだけど、魔女といえばやっぱりおばあさんだと……」

「あのう……ごめんなさい」

「あら、謝ることじゃないわよ」

娘は、片方の目をつぶりました。

首を傾げて、ルルーをじっとみつめました。

「そういえばわたし、昔、どこかであなたみたいな小さな魔女のでてくる伝説のこと、きいたことがあるわ。あれって、誰からきいたのかしら？　うーん、思いだせないなあ」

3

風の丘のそばには、宿屋なんてありません。その娘、カーリンが覚えたいようなことは、そう簡単に教えられることだとはルルーには思えなかったので、当分の間、カーリンを家に泊めてあげることにしました。この家にはお客様用の部屋もあるのです。

ルルーがそういうと、カーリンは喜んで、

「助かるわ。ほんというと、宿をどうしようって悩んでたの。野宿が続く覚悟はしてきたんだけどさ。ありがとう、魔女様」

「あの、ルルーでいいです……」

カーリンの差し出した手と握手しながら、楽しい日々が始まるような予感がしました。

考えてみれば、それが短い間のことでも、誰かと一緒に暮らすのは――ペルタを別にすれば――久しぶりのことだったのです。

そして実際、その通りの日々が訪れました。

人にものを教えることなんてルルーは初めて。つっかえつっかえの説明で薬草のみつけ方や育て方、薬の作り方を教えたのですが、カーリンは乾いた地面が水を吸い込むように、何でも覚えてゆきました。ルルーがみせた薬草を丁寧に手帳にスケッチして、名前を覚えました。薬の作り方を細かい字で手帳に書きました。夜遅くまで起きて復習しました。

それでいて、朝はルルーよりも早く起きて、泉から水を汲んできてくれていたり、台所で、朝ご飯の支度をしてくれていたりするのでした。

「すみません」とルルーがいうと、

「これくらい、生徒として、当たり前よ」

と、カーリンは楽しそうに答えるのでした。

重い水桶《みずおけ》を軽々と運んで、

「それにわたしお料理が好きなの。楽しい時に料理すれば、ひときわ楽しい気分になるし、その逆だったら、できたものを思いきり食べちゃえば、明日にはいいことあるさって、考えるための、エネルギーになるもの」

勉強の合間に、カーリンはいろんな話をしてくれました。教会の鐘や鳩たちのはばたきで始まる都会の朝の様子や、焼きたてのパンを売るパン屋さんのこと。街ではやっている、新しいコーヒーの飲み方のこと。そしてルルーには丘での暮らしのことを訊くのでした。楽しそうに、にこにこと笑って、いつまでも飽きずにきいていました。

ふたりは、よく一緒に散歩をしました。風の丘のそばの荒野を、近くにある森を歩くのがカーリンは好きで、特に森にくると、「生きかえるような気がする」といいました。「森の匂いって何だか懐かしいの。風や葉っぱの音が『お帰り』って、きこえない？」

ある日、カーリンは、崖《がけ》にみえる大きな石の中のひとつを指さしていいました。

「化石があるわ。すごいなあ、綺麗な化石」

「――カセキ？」と、ルルーが首を傾げると、カーリンはうなずいて、

「魔女でも知らないことがあるんだ。ずうっと昔に生きていた植物や動物の死体が、石になって残っているのよ。死体は土に埋もれて、長い年月がたつと石になるの。あれはお魚、そして貝。ああいうのがあるってことは、この辺の森は、大昔は、海だったのね」

「海？」ルルーは訊き返しました。

「海が、森になることがあるんですか？　それは何かの、魔法なんですか？」

「魔法じゃないのよ。ううん、やっぱり魔法かな？　長い時間がたつうちに地上は少しずつ変わってゆくのよ。海が森になったり、草原が砂漠になったりね。変わったんだなってことが、残された化石をみてるとわかるわけ」

「長い時間って……千年くらい？」

「もっとよ。何万年とか、何億年とか、それくらいに長い長い、時間のこと」

ルルーはくらくらしました。森の木々を抜けて降りそそぐ日の光を、痛いくらいに眩しく感じました。

「この森は、昔から森だったわけじゃないんですか？　じゃあ、ひょっとして、ずうっと未来には、また海に戻ったり、草原になったり——そんなことも、あるんですか？」

「うん。あるかもしれないわね」

毎日窓からみていた森。いつも散歩した森。

ずっとずっと、森は森のままだと思っていました。ここにルルーがくる前からも、いつか遠い未来に、ルルーが死んでしまってからも。

地上の姿はうつり変わってゆく。この森はいつかはなくなってしまう。それはとても恐ろしい、心細いことのような気がしました。

でも、カーリンは、鼻歌をうたいながら、

「わたしも死んだら、化石になりたいなあ」

「えっ？　化石に？」

「そしたら、未来にうまれた人達が、ここにわたしって人間の女がいたんだなって考えてくれるでしょう？　どんな人生を辿ったのか想像してくれるかも知れない。そういうことって、素敵だと思わない？」

ルルーは、何も答えられませんでした。

しばらくして、カーリンに訊きました。

「そういうこと考えるの、怖くないですか？」

「生きるとか死ぬとか、自分のいなくなったあとの世界のこと？

……そうねえ」

カーリンは、顎に手をやりました。「でも、誰でもいつかいなくなるでしょ。人間、死ぬ時は死ぬんだし」

「それは——魔女も、そうなんですけど……」

「うん、魔女も。でもね、でもよ。世の中にずっと同じものなんてないのよ。星座の形だって変わってゆくし、大地だって永遠に同じ姿じゃないんだもの。人間だって魔女だって、動物だって植物だって、うまれて、死んでゆくの。地上に訪れて、やがて去ってゆく。世界が始まってから、ずっとずっとその繰り返しで、そうじゃない命はないの。それが世の習い。宇宙の掟《おきて》だもの」

ルルーは、膝が心許《こころもと》ない感じがしました。

自分がいつかは死ぬだろうということは、想像したことだって、それが嫌だと思ったことだってあります。今まで生きてきた長い年月の間に、たくさんの人々と別れてきたルルーでしたから。死というものが、自分にも、親しい人達にも、いつかは降りかかってくる恐ろしいものだとはわかっていました。

でも地上のものみんながみんな、いつかいなくなってしまうんだ、とか、地上だって海だって天体だってこのままじゃない、なんてことまでは考えたことがありませんでした。

「……いつか滅びてしまうのならば、生きていても仕方がないような気がします……何かを考えたり、たとえば——夢を見たりするようなことも」

足下に蟻《あり》が何匹か歩いていました。蝶《ちょう》の羽を運んでいます。片方の上側だけの羽でした。

蟻と蝶のどちらもかわいそうな気がしました。

カーリンがルルーの顔を覗き込みました。

「そんなふうに思うのも人生。でも、思わないのも人生。どうせいつかは死んじゃう命だからって投げやりに生きるのも自由だけど、あがいてみるのもいいかってこの頃思うの」

「あがく？」

「そう。自分のやりたいことを、たとえ周りからどんなに反対されようとやりとげちゃうの。やりとげようと、あがいてみる」

カーリンの目は、化石をみつめました。琥珀色の瞳の奥で、何かが燃えていました。

「願いごとは叶わないかもしれない。わたしっていう、ちっぽけな人間が生きていたってことも、わたしの夢も、歴史には残らないことかもしれない。でもね、あがいてみる。そういう人生、かっこいいと思うから」

崖に埋もれた化石を見上げるカーリンの姿は、ルルーには、どこか南の国にいるという、女戦士の姿のようにみえました。

カーリンの心に灯っている炎がルルーの心まであたためてくれるようで、ルルーは何かに疲れていた心が、ほんのりと癒やされてゆくのを感じたのでした。

2 悲しい手紙

1

そんなある昼下がり。小さな馬車に乗って、「こんにちは」と、すっかり顔馴染みになった郵便屋さんが訪ねてきました。

この郵便屋さんは、気だてのよい若者でした。ルルーが辺境の街に買い物にいった時に、この人が道で具合が悪くなって倒れていたのを、助けてあげたのでした。若者は重い心臓の病気を患っていたのですが、ルルーが急いでこしらえた薬で元気になりました。若者が、あとで郵便屋さんとして風の丘にやってきた時、お互いにびっくりしたものです。それ以来この人は、風の丘にくるたびに、お茶を飲んでいったりするようになったのでした。

若者は、手紙を二通、鞄からだすと、ルルーと一緒に玄関にでてきたカーリンにも、こんにちは、と、挨拶をしました。

「魔女様のお客さんですか？」

ルルーは背伸びして手紙をうけとりながら、

「カーリンさんっていうんです。お医者様の卵なんですよ」

「へえ」と、郵便屋さんは目を丸くして、

「この綺麗な人が、お医者さんの卵？」

そのいい方は、嫌みなものではなく、素直にカーリンを尊敬していった言葉のようにルルーにはきこえたのですが、カーリンは、

「女がお医者を目指しちゃいけないっての？　あなた、失礼な人ね」

「いや、ぼくはただ……珍しいなって」

カーリンはぷいっと背を向けて、家の中に、入っていってしまいました。

若者は、しょげたように首を振りました。そうして、ルルーに、

「実は魔女様、しばらくの間、さよならをいわなくてはならなくなりました」

ゆっくりと、いいました。「故郷に帰ります。兵隊さんになるのです」

若者は、誇らしげな表情で、

「ここからずっと西にあるぼくの故郷、『西の赤の国』では、ぼくがうまれる前から、隣の国、『東の青の国』との戦争が続いているのです。男ならみんな、領主様に志願して、国王陛下の、み旗のもとに戦う兵士になることがさだめの国なのです。ぼくも兵隊さんになりたかったのですが、うまれつきからだが弱かったので、この国に住む親戚《しんせき》に預けられて、そうして育ってきました。自分だけ平和な国に住むことが、とても心苦しかった。

——でも、魔女様」

若者は身を屈め、ルルーの手をとりました。

「魔女様が、ぼくのからだを治してくれたから、故郷に帰れます。ぼくは立派な兵隊さんになって、お国のために見事に戦って、『東の青の国』の悪い奴らを打ち倒してきます。

魔女様のおかげで、ぼくの夢は叶いました。ありがとう。いつかこの先、国王陛下が『東の青の国』を攻め滅ぼした時、その時、まだぼくに命があったなら、ぼくはきっと、この丘に、かわいい魔女様にお礼をいいにきます」

ルルーはただ若者の顔を見上げました。

ルルーが風の丘に落ち着くまえ、いろんな国を旅してきた間の、いつのことだったか、どこかの国で通り過ぎた、戦場の様子が目に蘇りました。数日前に人々が戦ったあとらしいその場所では、数え切れないほどの数の人が倒れ、動かなくなっていました。死体には蠅《はえ》がたかり、飢えた烏《からす》や獣たちが、その肉をあさっていました。

どこの国と、どこの国との争いだったのか、ルルーは知りません。そうして死体の山は敵も味方も交じり合って倒れていて、もはやその人達がどこの国の人だったのかなんて、意味のないものになっていました。

死体の山の中に生きている人がいました。酷い傷を負った若者が——記憶の中のその顔は、今のルルーには郵便配達の若者の顔と重なってみえました——水を欲しがるので、ルルーは自分の水筒の水をわけてあげました。若者はにこっと笑って礼をいうと、それきり苦しみだして、息絶えました。優しそうな若者でした。でも、若者の握ったままの剣も、握りしめたその手も、誰かを殺した証拠に、乾いた血と脂で汚れていたのです。

ルルーはあの時戦場で嗅《か》いだ、何ともいいようのない、饐《す》えて淀《よど》んだ臭いを思いだしました。震える声で、いいました。

「……戦争になんて、いかないでください」

「ああ、優しい魔女様はきっと、ぼくの身を案じてくださってるんですね。でも、故郷のため、正義のために死ぬことを、ぼくは恐れてはいません」

若者の目は、輝くようでした。「『東の青の国』の奴らは悪魔です。長い年月、ぼくらの先祖の土地を奪い、家畜をさらい、人間たちを傷つけ、殺してきた。奴らをほうっておいてはいけないのです。正義の名のもとに、奴らの国を地上から永遠に滅ぼさなければ。魔女様、感謝します。ぼくを助けてくださって、ありがとうございました」

若者が、迷いのない足どりで丘をおりてゆくのを、ルルーはいつまでもみつめていました。隣でみていたペルタが、

『正義だってさ』と、ぽつりといいました。

ルルーはからだが崩れてしまいそうな気がしました。

「わたし……戦争にいかせるために、あの人を助けたわけじゃないわ。……あの人に、幸せになってほしいから、お薬を作ったのよ」

2

玄関で立ったまま手紙を読みました。一通は、ずうっと前の冬に、この風の丘で助けた小さな女の子が大きくなって、自分で書いてきた楽しい手紙でした。

もう一通は、やはり、ずうっと前に、ルルーが一緒に旅をしたことがある歌うたいの一座のお姉さんからの手紙で、今度また洋服やら何やらを作って送るからねと書いてありました。その人は、季節ごとに、かわいい服や小物を作っては送ってくれるのでした。

いつもどおりの明るい文面の最後に、気がかりなことが書いてありました。

『ここのとこ気にいって住んでいる街は「東の青の国」のはずれにある街なんだけど、今度、この街に、よその国の兵隊が攻めてくるらしいの。それで街で、義勇軍を作ることになって、弟がそれに参加するっていってるのよ。あたしたちは通りすがりの旅人だけど、この街の人達は優しいいい人ばかりだし、攻めてくる奴らは、「西の赤の国」っていうんだけど、昔からこの辺りの街や国に攻め込んできている悪い国だっていうしで――あたしも父さんも、あの子をとめられないの。でもあたしは前に、「西の赤の国」にいったことがあって、その時は、あの国のことをそんなに悪い国だとは思わなかったのよ。

戦争なんてなければいいのにね。

それじゃあ、またね』

ルルーは手紙を握りしめました。歌の上手だった、金色の髪の少年の面影と美しい声が蘇りました。

（あの子も、戦争にゆくの？　……『西の赤の国』と――郵便屋さんの故郷の国の兵隊さんたちと、戦うの？）

細い手で優しく、白い鼠をかわいがっていた少年を、ルルーは健康なからだにしてあげたのでした。幸せになることを願って、薬を作ってあげたのでした。あの少年も、今ではもう立派な若者なのでしょう。最近、数年前に会った時には、美しい白樺《しらかば》の樹のように背がのびていましたから。

風の丘を訪ねてきてくれた少年は、ルルーのために楽器を弾いて、綺麗な声で歌をうたってくれました。夕日に染まって、丘の草たちが、柔らかく風に揺れていました。

「わたしのしたことは、何だったの？」

ルルーが薬を作らなければ、あの子は病弱なままでした。でもそしたらきっと、戦争にゆこうなんて思わないですんだのです。その手に剣を持とうなんて。

「なぜ戦争なんてするの？　どうして、人間同士、仲良くすることが、できないの？　命は大事なのよ。何よりも何よりも、大事なのよ。なのにどうして、殺すとか、死んでもいいとかいうの？　いえるの？」

ふたつの国のどちらが悪いのか、それとも両方が悪いのか、魔女のルルーには、どうでもいいことでした。ただ、ここからずっと西にあるという、郵便配達の若者の故郷の国と、その隣の国が——今、ルルーの友達がいる国が——長い間戦争を続けているということが、たまらなく残酷なことに思えました。

（どちらの国の人も、きっとみんな普通の人間、いい人のはずなのよ。仲良くなれるはずなのよ。それがどうして、こんなことになってしまうの？）

空が雲で陰ってゆくように、暗く重くなった心を抱いて、ルルーが居間にゆくと、カーリンはいすに腰かけ、クッションを胸に抱いていました。重い病気の子どものように、力なくみえました。

しゃがれた声で、いいました。

「……ルルーも、女が医者を目指すのは、珍しい、へんてこなことだと思う？」

ルルーはまばたきしました。考え考え、いいました。

「女のお医者さんに会ったことは、そういえば、ないです。だから、珍しいとはいえるかも知れません。でも、わたしは、それがへんてこなことだとは思いません」

「そう？」と、カーリンは、目をあげました。すがりつくような目でした。ルルーは、戸惑いながらも、言葉に力をこめました。

「だって、病気や怪我の人を自分の手で治してあげたいっていう思いは、男の人も女の人も同じでしょう？　……そう考えてみたら、わたしが、女のお医者さんに会ったことがなかったってことの方が、へんてこな気がします」

「ありがとう、ルルー」

カーリンは立ちあがり、飛びつくようにしてルルーを抱きしめました。

「今までわたしにそんなことをいってくれた人はいなかったわ。家族だって、友人だって、みんなわたしのことをへんてこな子だっていうの。女が学問することも、医者を目指すことも変だっていうの。兄さんよりも弟よりも、わたしの方が頭のできがいいのによ？　わたしの方がずっとずっと真剣に、この手でたくさんの誰かを助けたいって思ってるのによ？

わたし、今まで自分で自分を励ましてたの。変じゃない、大丈夫、間違った夢じゃない、って。……さみしくて、心細かった」

カーリンはうまれ変わったような笑顔で、

「ありがとう、ルルー。わが心の友よ」

そういうと、ルルーを再び抱きしめました。

カーリンはルルーよりもからだが大きく、腕も長かったのですが、ルルーもそっと、カーリンを抱きしめてあげました。自分も泣きたかったのに、その気持ちは、いつのまにかどこかへ流れて消えてゆきました。心を覆っていた雲から、少しだけ、日が射したようでした。

カーリンは涙を拭いて、いいました。

「わたしが昔にきいた、伝説の小さな魔女も、ルルーみたいに、綺麗な心の持ち主だったんでしょうね。なんか、そんな気がする……」

カーリンは、ルルーをみつめました。

「思いだしたの。わたし、母さんからきいたの。母さんの故郷の街――『南の森の街』に伝わる伝説を。昔、まだ人間たちが魔女を嫌って虐《いじ》めていた時代に、ひとりの魔女の子が、伝染病で滅びかけていた街を救ってくれたんですって。どこからともなく現れて、街を救って、また、いなくなったっていうわ。

　母さんはわたしが子どもの頃に死んだんだけど、魔女のことが本当に好きだったわ。わたしが育った都会では、そういう人は少なくて、魔女の伝説を嫌ったり、そもそもその存在を信じてない人が多いのにね」

「『南の森の街』――」

　ルルーは呟きました。その街の名前は知っていました。

「カーリンさん、わたしの死んだ姉さんが、前にその街の話をしてくれました。たしか、その街には、『願い川』があるんですよね？」

「――『願い川』？」

「本当の願いごとを叶えてくれる川が、街外れに流れているんですって。その川は魔法の川で、八月の満月の、その街のお祭りがある頃には、川のそばで、いろいろ不思議なことが起こるんですって。そうして、川のそばにある『妖精の丘』と呼ばれている丘には、花の妖精たちが住んでいるって――姉さんに、そうききました」

「花の妖精？　お伽話の？　妖精なんて、本当にこの世界にいるの？」

「その街にはいるんだそうです。蝶々みたいな羽の、絵本にでてくるような、かわいらしい妖精なんですって」

ふわあ、と、カーリンはため息をついて、

「妖精とか『願い川』とか、そういう話は、わたしは知らなかったな。小さい頃に、母さんからきいていたのかもしれないけど、魔女の子の話くらいしか、覚えてないの。そっか……」

カーリンは楽しそうにいいました。「母さんの故郷の街って、とっても夢がある街だったんだ。いってみたいな」

「そうですね。わたしもずっと昔から、いってみたい街だったんです」

ふたりは、一緒に笑いました。

ルルーは思いました。死んでしまった自分のお姉さんとこの人とでは、まるで性格も、雰囲気も違うけれど、でも、いつか一緒に『南の森の街』にいったなら、お姉さんとふたりで旅行したみたいな気持ちになれるかもしれないな、と。

3 嵐

1

風の丘から近くの街までは、魔女のルルーの足でも、何日もかかります。

でもルルーは、ある日思い立って、街まで買い物に出かけました。旅行鞄をさげて、夏のマントで風を切って歩きながら、腕の中のペルタにいいました。

「カーリンさんは都会育ちの人なのよ。森のものだけのお食事って、そろそろ飽きたんじゃないかしら？　街にしかないような、美味しい野菜とか、外国の果物を買いにいこうと思うのよ」

『ルルーってさ、この頃カーリンさんにべったりだねえ。小さい子になったみたいだよ』

ペルタが、つまらなそうにいいました。『いっとくけどさ、あの人、いつかは都会に帰っちゃうんだよ。あんまりなつくと、お別れの時辛いと思うよ』

ルルーは言葉を呑み込みました。

そのことは考えていたのです。カーリンが勉強を終えて帰ってしまえば、ルルーはまた、風の丘で、ペルタとふたりきりになるのです。本当をいうと、薬草についての勉強は、あらかた終わってしまっていました。でも何のかのと引き延ばしていたのです。

ペルタが、慰めるようにいいました。

『考えてみれば、カーリンさんは人間だものね。魔女のルルーとは、そもそも寿命も生き方も違うんだし、さよならするのも仕方ないんだよ』

ルルーは、立ち止まって、いいました。

「でも……でも、あの人は友達だわ。あの人がいなくなったら、わたし、またひとりぼっち……」

ペルタが黙り込みました。しばらくしていいました。

『ぼくは友達じゃないの？　そばにいるのは、ぼくじゃ駄目なの？』

ルルーは、歩き始めました。

そのうち、ペルタがいいました。

『ねえ、カーリンさんってさ、本当に、ルルーの友達なのかなあ？』

ペルタは思わせぶりに首を振りました。『ルルーはいつも、人間が好きで、人間の友達をいっぱいほしいみたいだけど、でも、今まで友達になってくれた人だって、きっと本当には、誰もルルーのことをわかってくれてないんじゃないの？　この頃つくづく、ぼくはそう思うんだ。そもそも、人間は人間同士だって、お互いの心がわかっていないようにぼくにはみえるしさ。

そんな人間に、人間と違う魔女の気持ちが、ほんとにわかると思う？』

ルルーは、どきりとしました。なぜだかうわずる声でいいました。

「わたしは人間の気持ちがわかるわ。だって人間の中で暮らしてきたんだもの。ペルタだって、わたしと同じ考えじゃなかったの？　ずっとわたしと一緒にいたんだもの。人間のこと好きだと思ってた。違ったの？」

ペルタは、重い口調でいいました。

『ぼくだって人間を信じたいよ。そもそもぼくはぬいぐるみ。人間に造られた存在なんだからね。でもね、何百年も生きてゆく魔女の気持ちが、百年も生きていられない人間にわかると思う？　魔法が使える魔女の気持ちが、何にもできない人間にわかるの？　世界の王様みたいにいばっている人間に、世界で最後の魔女かもしれないルルーの気持ちが本当に、わかるのかな？　大体人間は、昔に、魔女を滅ぼそうとしたんだよ。地上に魔女がいなくなったのは、だからなんだよ。忘れたの？

ルルーを友達と呼んでくれてる人間たちは本心からそう思っているのかな？　そんなの実はルルーの気のせいで、勝手な思い込みなんじゃないのかな』

ルルーは、再び立ち止まり、いいきりました。

「わたしが好きだって思っている人達は、みんな、わたしのことを、好いていてくれてるの。わたしには、それがわかるの」

『なぜわかるの？　人の心はみえないのに』

「絶対に絶対に、わかるの」

ルルーは、また歩き始めました。前だけをみて、ずんずんと歩きました。

（信じるって、決めたんだもの――）

昔に決めたのです。友情を愛を信じると。そう決めて生きてきたのです。

（今さら、引き返したりしないわ——）

荒野は今、いい匂いの夏の緑色の草原になっていて、空は白い雲を浮かべ、どこまでも広がっていました。でもその広さが、ルルーには、どこか恐ろしく感じられたのでした。

（わたしには……何の力もない）

誰かを幸せにする力があるのだと、信じてきました。そのためにうまれてきたのかも知れないと思うことだってあって、それはとても誇らしいことだったのです。

（人間が好きよ。幸せにしてあげたいの。わたしの手で救いたかった。幸せにしてあげたかったの）

でも、郵便配達の若者も、歌うたいの少年も、ひょっとしたらルルーのせいで傷つき、死んでしまうのかも知れないのです。戦場で人殺しをするのかも知れないのです。

とぼとぼと草を踏んで、ルルーは歩きました。振り返ると、歩いてきた荒野の道は、もう風に吹かれて、消えてしまっているのでした。

（わたしのしたことには、意味がなかったのかも知れない。——命が消えていってしまう。みんなの夢や、優しさと一緒に。そしてわたしだって、いつかはこの地上からいなくなって——わたしのしたことや思っていたことだって、みんなみんな、誰も知らないことになってしまうんだ）

眩しいほど青い空は、闇のように黒くもみえるのだということを、ルルーは知りました。

2

辺境の街は、人間の世界の中では、そう大きいというほどの街ではないのですが、賑やかな場所に久しぶりにきたルルーには、人がいっぱいの大都会でした。

たくさんの人達が忙しそうにゆき過ぎて、道には足音が響き渡り、あちこちから、ざわざわといろんな会話や歌声、物売りの声がきこえます。小鳥の声くらいしかきこえない、静かな風の丘とは大違いでした。

商店街の方に向かおうとした時、

「あたしのいとこが、伝説の魔女に会いにいったのよ。ほら、北の辺境の、荒野と森の向こうにあるっていう風の丘に、ひとりで歩いていったの」

はすっぱな感じの声がきこえました。

街路樹の下にテーブルを並べた喫茶店に、ふたりの若い娘がいて、お茶を飲んでいました。娘のひとりは面立ちがカーリンに似ていました。

娘は、笑いながら、

「遠い街に住んでるいとこでさ、長いこと会ったこともなかったのよ。それが、こないだ急に訪ねてきて、『魔女がいる丘にはどうゆくの』って訊くの。そんなの、お伽話に決まってるじゃないのよねえ。だからお伽話の通りに、丘までの道を教えてあげたけど。荒野と森を渡って、辺境を北へ北へってね。

でもね、あの子、そのまま帰ってこないの。丘にちゃんと着いたんならいいけど、荒野の狼に、食べられちゃってたりしてね」

もうひとりの娘は、顔をしかめました。

「あんた、いとこに冷たいんじゃない？」

「いいのよ。あの子のうちって、都会の金持ちだか医者だか知らないけど、いばってばかりで好きじゃなかったんだから。あの子自身もちょっと風変わりで、親戚の中で浮いてるの。家族ともそりがあってないって話よ。だからってそりゃ、狼のご飯になるのはあんまりだけど。まあその、うんと小さい頃は仲良くて遊んだりもしたし。——ねえ、あの子、その丘に着いたか、でなきゃ途中で引き返してるわよね」

もうひとりの娘は「大丈夫よ」と、笑いながらうなずいて、かわいらしく首を傾げ、

「なんで、都会の、そういううちの子が、いまどき、魔女なんか訪ねてきたのかな？」

「わたしには、家出のついでだっていってたわよ。何となく思いだして、ふらっと来たんだってさ。魔女の存在を信じてるわけじゃなくて、ゆくとこないからいっただけみたいよ。暇つぶしみたいなものだっていってたっけ。

でもね。もし風の丘に魔女がいたら……」

「いたら？」

「魔女と話すなんて気持ち悪い、嫌なことだけど、うまく騙して友達になっちゃって、薬草に関する知識とか、訊きだしちゃおうかな、っていってた。わたしは頭がいいんだから、そんなの簡単なものだって」

ルルーの耳の奥で、どくんと何かが、脈打ちました。耳鳴りがしました。

（うまく騙して……魔女を、騙して？）

カーリンの、あの明るい話し方も、親切な様子も、ルルーを友達だっていったのも、みんな、嘘だったのでしょうか？　化石の話も夢の話も、心のこもっていない、お芝居だったのでしょうか？　まさか、と思って笑おうとしました。でも、笑えませんでした。

カーリンの笑顔を思いだそうとしました。本当のものだったのだと思おうとしました。でもそうしようとすればするほど、どの笑顔も作り笑いだったように思えてくるのでした。

耳元で、ペルタがぼそりといいました。

『ぼく、あの人怪しいと思ってたんだ。人懐っこ過ぎるし、そもそも、人間が魔女にものを習いにくるなんて、変だと思ったもん』

ルルーは逃げるように駆け出しました。

3

昼も夜もほとんど休まずに、風の丘に向かって走りました。荒野の狼たちが、心配してついてきました。風の丘の家に着いた時には、ルルーの長く赤い髪は風に吹かれて、野の獣の、たてがみのようになっていました。

弾む声で「お帰り」と、扉を開けてくれたカーリンは、息を呑んで立ちつくしました。

ルルーは、その顔を見上げて訊きました。

「……魔女なんかと話すのは、嫌だったんですか？　魔女を騙して、薬の知識をききだそうと思って、あなたは、風の丘にきたんですか？」

カーリンの顔が、さあっと青ざめました。それだけで、十分でした。

ルルーは肩を落とし、息をつきました。

「辺境の街で……あなたのいとこが、話してたんです。きかなきゃ、よかった」

カーリンは手をもむようにしました。

「違うの、違うのよ、ルルー。そりゃ、そりゃ最初はね、魔女が嫌だとか思ってたわ。ええ、正直にいうとそうだったの。……でもそれは……都会じゃみんな、そうなのよ。魔女っていえば、人を呪《のろ》うとか騙すとか、そういう伝説の方が有名だし――ううん、それよりも、魔女なんてお伽話だって思ってる人の方が、断然多いの。そうよわたし、まさかほんとには、風の丘の魔女がいるなんて思ってなかったから……だから、いとこにもそんなふうに話したのよ。お伽話にでてくるような、悪知恵の働く意地悪なおばあさんの魔女に会ったって、わたしなら負けないと思ったの。そんな想像をしていたの。

……でも、まさか、風の丘に本当に魔女がいて、その魔女が、ルルーみたいな、優しくてかわいい子だなんて思わなかったのよ」

カーリンの話す言葉が、心からでたものなのかどうか、ルルーにはわかりませんでした。一生懸命に話しているようにもみえましたけれど、ルルーが信じたいと思うから、そうみえるだけのようにも思えました。

「もういいです」

ルルーは旅行鞄の持ち手を握りしめて、うつむきました。

「——もう、帰ってもいいです。……薬草の、お勉強は、もうあらかた済んでいるから。カーリンさんに教えたことだけでも……カーリンさんが覚えたことだけでも、人間が知ってる知識にしては、ずいぶんと上等なもののはずですから」

「待ってよ、ルルー。わたしを信じて」

「さよなら」と、ルルーはカーリンに背を向けて駆け出しました。ペルタがルルーの腕にすがりつきました。ルルーを心配して一緒に駆け出した狼の群れの、その一匹の背中にからだを預けて、ルルーは、叫びました。

「お願い、荒野の果てまで、つれていって」

狼は、ルルーを背中に乗せて、風になったように、草原を駆けました。

ルルーは、泣きました。

(わたしがどんなにさみしかったのか、友達がほしかったのか、誰も知らないんだ。だからわたしを騙そうなんて酷いことを考えることができるんだ……)

空には灰色の雷雲が立ちこめていました。ルルーの心の中の雲のようでした。

(人間なんて知らない。大好きだった人達のことだって、知らない。どうせわたしには、何にもできないんだもの。どうせわたしには、人間の考えていることなんてわかりやしないんだもの。人間にはわたしの心がわからないんだもの)

稲妻が走り、雨が降りだしました。

4　願い川の伝説

1

嵐は、やがて通り過ぎました。

荒野の果て、夏草の草原が果てるところで、狼の背から、降りました。

そこからは、遠くにかすんで人間の街がみえ、街へと続く、消えかけた道がありました。

狼たちは、心配そうに振り返りながら、住処《すみか》の森の方へ戻ってゆきました。

ルルーは、雨に濡れて生乾きの髪を払い、持ち手を握りしめたままだった旅行鞄を持ち直すと、ふらりと歩きだしました。真上から照りつける日差しは熱く、ルルーのからだを燃やしてしまおうとしているようでした。

『ねえ、ルルー。どこにゆくの？　これから、どうするつもりなの？』

ルルーの腕にしがみついていたペルタが、細い声で、訊きました。

「わからない」と、ルルーは答えました。「でも……たぶん、当分、風の丘には、戻らないと思う。ううん、ひょっとしたらもうあの家には帰らないかも」

『あの家は、風の丘の赤い屋根の小さな家は、やっとみつけたルルーの家だったんじゃないの？』

「でもう、帰りたくないの」

ルルーはため息のような声でいいました。

かすかに笑いながら、ペルタをみて、

「ごめんね。また旅暮らしの生活に戻らなきゃいけないかもしれない」

『いいよ、ぼくはそれでもいいよ』

ペルタはいいました。『昔みたいに、あの丘に住むようになる前にそうだったみたいに、人形芝居の真似をしたっていいんだ。ぼくはまた操り人形のふりをしてあげるよ。ルルーと一緒なら、どこでどう暮らしたっていいんだから。

丘での暮らしは楽しかったよ。ぼくはあそこの窓から、朝日や夕日をみるのが好きだった。空の渡り鳥をみるのが好きで、ルルーが三時のお茶を飲む時、そばにいるのが好きだった。でもそういうのは……諦められるから。

ただ、そのう、ぼくは、ルルーは風の丘の家にいた方がいいんじゃないかって思うんだ。だから。……今更、こんなことというのおかしいんだけど』

ルルーは何も答えずに、歩き続けました。この道を南に辿り、やがてどこかの街に着き、そしてそのあとは、どこへゆけばいいのでしょう。

（風の丘に辿り着く前と、あの時と、おんなじことになっちゃった……）

ぼんやりと、ルルーは思いました。

（どこにも、ゆくところがないや……）

小さな街へと着き、少しだけ休むと、ルルーはまた、街道を歩き始めました。道はさらに南へと続いていました。

その道がどこへ続いているのかも知らず、人に訊こうとも思わずに、ルルーは歩き続け、ペルタもまた、腕に抱かれたまま、そういうルルーをみつめ続けるばかりで、本当のぬいぐるみになってしまったように、動かず、何もいいませんでした。

ふたつの街を通り過ぎた頃、ルルーは南への道を辿る人々が多いことに気づきました。旅人達は、歩いたり馬車に乗ったりといろいろですが、なぜだか、みんな楽しげで、綺麗な装いをして旅しているのでした。

「お祭りがあるのよ」

道をゆく人が、誰かにいいました。「『南の森の街』の夏祭り、『月光の祭り』が、近いの。胸がわくわくしちゃう」

気がつくと、道には、矢印が描かれた立て札が立っていて、

「この先、五日歩くと、『南の森の街』」

と、書いてあるのでした。

（『南の森の街』――）

死んだお姉さんの言葉と、別れてきたカーリンの顔が、幻のように思いだされました。そういえば、今は八月。あと何日かで満月の夜がくるはずで――月光の祭りは、その時にあるはずなのでした。

ルルーは矢印をみつめて、しばらくその場に佇んでいました。ペルタがルルーの肩を

そっと叩きました。

『ねえ、ルルー。お祭りをみにゆくっていうのは、どうかなあ？　気が晴れると思うよ。いや、そのね、「南の森の街」であるお祭りだってことが、気にいらないならいいんだけど』

ルルーは、軽く首を振りました。

「あの街が気にいらないなんてことはないわ。一回は、いってみたかった街よ。そうね、いきましょう。でもって、人形遣いの真似でもして、お金を稼ぎましょうか。お祭りなんだもの、人がいっぱい集まるでしょうし。手持のお金だっていつまでもあるものじゃないし、そろそろ働かなきゃって思ってたの」

さばさばとしたふうにいって、重い足を、南へと向けたのでした。

2

『南の森の街』までの道は、ルルーの足で三日かかりました。ゆく手の街は大きな街だと、きいたことがありましたが、その道は石畳で、ゆきかう人々も多く、街に近づくごとに、道が広くなって、賑わいが増してくるのがよくわかりました。

道の途中には、高い山がありました。その山の中腹に、立派な造りのトンネルがえぐられていて、街道はそのトンネルを通るのでした。そのトンネルを通らないと、とてもあの険しい山は越えられない、街へはゆけないのだと、旅人達が話していました。

『南の森の街』の人だというおじいさんが、管理人としてそのトンネルを守っていて、トンネルの中に灯してある篝火《かがりび》を、見守っていました。それは誇らしい仕事なのか、入り口に置いたいすに胸をはって腰かけて、にこにこしながら旅人達に挨拶しているのでした。

熱い日差しから逃れて、トンネルにはいったルルーが一息つくと、

「おや、珍しい、魔女様ですか？」

そのおじいさんが、声をかけました。

「間違いない。その帽子とマントは、語り伝えられる伝説の魔女様と同じ姿だ。祭りの時期に魔女様と会えるとは。ねえあなた魔女様なんですよね？」

嬉しそうにルルーの手をとるので、ルルーは、ついうなずきました。

おじいさんは喜んで、何やら話を続けようとしたのですが、ルルーは、

「ごめんなさい、急ぎますので」

おじいさんのそばから、逃げました。

トンネルの中は、土と苔《こけ》の匂いがしました。石畳の道は、ひんやりと湿っていて、少しだけ滑りました。ルルーは篝火の光を辿って、出口を目指しました。天井が高く、広々として、そして長いトンネルでした。昔、このトンネルを掘った人は大変だったろうなあと

ルルーは思いました。もし人間の手だけでこの大きなトンネルを掘ったとしたなら、長い長い時間とくじけず諦めない心が必要だったろうなあ、と思ったのです。

ふと振り返ると、管理人のおじいさんは、立ち上がって、まだこちらをみつめているようで、ルルーの心は、ちくっと痛んだのでした。

ルルーは思いだしました。

(『南の森の街』には、昔、子どもの魔女が伝染病から街を救ったっていう伝説があるんだっけ。カーリンさんが――いってたな)

その魔女の子は、どこからきたのでしょう？　姿を消したという話だったようですが、では、どこへ消えていったのでしょう？

街へきたのはいつ頃の話なのでしょう？　人間たちが魔女を嫌って虐めていた時代というと、つまりは魔女狩りが行われていたという時代のことでしょうに、人間の街を救おうなんて、どうして考えることができたのでしょう？

ルルーは、首を振りました。

(どうでもいいわ。昔の話だもの……)

トンネルを抜けると、眩しい夏の日差しに照らされて、大きな街の影がみえました。

『南の森の街』というその名前にふさわしく、背景に深い森を従えています。

道をゆく旅人達は、街の姿をみて、それぞれに歓声をあげていました。

（この街は、林業や織物が盛んな街だって——昔に姉さんにきいたっけ……）

豊かな森から切り出される木材は、他の地方では手に入らないほど質のよいもので、織物も、歴史のある、手のこんだ作りの美しいものだといわれていました。この街の人々は、よい暮らしをしていて、みんな幸せなのだという話でした。

（……あ、でも姉さんは、この街は昔から豊かなわけじゃなかったって、いってたっけ？大昔は、貧しくて、小さな小さな山奥の村だったたって。——それとも、あれは、この街じゃない、別の街の話だったかしら？）

何分、ルルーが小さい頃、つまり、何十年も昔に、今はもういないお姉さんからきいた話です。細かい記憶はぼやけているのでした。

（……やっぱり、別の街の話だったかな？）

近づいてくる街の姿は、絵のように、美しく立派なものなのでした。

3

ルルーが街に辿り着いたのは、昼下がり、その夜が『月光の祭り』がある満月の夜だという日のことでした。

花で飾られた、立派な造りの石の門をくぐり、ルルーは、『南の森の街』へと、足を踏み入れました。

　街中が色とりどりの花で飾られていて、通り過ぎる人々は、街の人も旅人達も、鮮やかな色の装いをしていました。たまに大きく火薬の音をさせて花火があがり、白い煙を青い空に漂わせました。方々で笑い声や楽の音がきこえました。子どもたちが走ってゆきます。

　広い大通りも、街の中心にある公園も、綺麗な色の煉瓦や石畳に飾られていました。そこにふきあげる見事な噴水や、どっしりとたつ二体の銅像——ひとつは年とった品の良い男の人で、もうひとつは大きく立派な狼でした——の周りに集まっている鳩たちも雀《すずめ》たちも、

『いやまったく、この街は、いい街だよねえ』

『そうよねえ、最高な街よねえ』

『鳥にまでご馳走《ちそう》を振る舞ってくれるものねえ』

とか何とか、まかれた木の実をついばみながら、ご機嫌な様子でした。

　黒い木で枠が作られた家々の窓には、花や白いレースが飾られています。窓の向こうには、たまに笑顔の家族たちの姿がみえたりしました。

　屋根の上を渡り歩いていた猫が一匹、ルルーの方を振り返ると、眩しそうに目を細めて、

『おやま、珍しい。魔女の子がいる』と、機嫌のいい声でいいました。

『「月光の祭り」の日に魔女がくるとは、面白いねえ。ちょいと、旅人らしい魔女の嬢

ちゃん、どうだい、この街はいい街だろ？』

「――ええ」

『おかげさまというもんだよ』

猫は前足でひげをなでて、うたいました。

百と五十年昔の　祈りを
百と五十年昔の　感謝を
俺たち街の奴らは
忘れないのさ

人も猫も鳥どももも
生意気な鼠どももな
だから今夜だけは
鼠はとらないでおいてやるぜ
今夜だけは仲間だ
百と五十年めの　満月の夜だもんな
ともに祝う　祭りの夜だ

猫はうたいながら、姿を消しました。

と、通りすがった親子づれの、その子どもの方が、ルルーの方をみて、

「魔女でしょ？　お姉ちゃん、魔女でしょ？」

嬉しそうに、高い声で叫びました。

若いお母さんが笑いながら、ルルーに、そっと、小さな声でいいました。

「ごめんなさいね。お嬢さんがあんまり、その格好がお似合いなものだから、ほんとの魔女だって、信じちゃったみたいで――」

「いえ……あの、わたしは別に」

お母さんは、優しく目を細めました。

「でも本当に、素敵な仮装。そうですよね。『月光の祭り』なんですもの。魔女の格好でくるのって、いいわ。わたしも来年は、うちの子に、魔女のマントを着せようかしら？」

ルルーは、首を傾げました。

（祭りと魔女って、何か関係があるの？）

訊こうと思った時には、母と子は、人混みの中へ紛れていいました。

気がつくと、人々の目がたまに、ルルーの方を振り返っています。それはどれも好意的な、あたたかい眼差しなのでした。

ルルーは戸惑い、そして足早に裏通りの方へと向かいました。今のルルーには、たとえあたたかな眼差しでも眩し過ぎたのです。

でも裏通りにきてすぐに、ルルーは後悔しました。そこには、昔に魔女たちを処刑したあと――処刑場の跡地があったからでした。

今はその場所は、優しげな姿の樹や美しい花が植えられて、静かな公園になっていました。魔女たちへの謝罪の言葉が刻まれた碑には、花が手向けてありました。でも、昔に焼き殺され、くびり殺された魔女たちの悲しみや憎しみの思いは、今もルルーには感じられるのでした。魔女たちの最期の想いが、大地に染みこんでいるのがわかるのです。

幻の悲鳴が、すすり泣く声が、見えない波が押し寄せるようにきこえてきて、ルルーは両手で耳をふさぎながら、その場を離れました。

（こんな街に、くるんじゃなかった）

4

人の賑わいのする方から遠ざかるうちに、気がつくと、森にきていました。

夏の森は鳥たちの声を響かせ、枝も葉も風に揺られて、さわさわと音をたてていました。

今はとても遠いところにあるような気がする風の丘のそばの森のことを思いだして、ルルーはほっとしながらも、悲しくなりました。

川のせせらぎの音がします。とぼとぼと歩いた先に、銀色に流れる小川がありました。近くには高い丘があります。

（これがもしかして、『願い川』？　するとあれが、『妖精の丘』？）

ルルーは丘を見上げました。知らないうちに、走っていました。暑さに枯れた夏草に足をとられながら丘をのぼり、はあはあと息をしながら、一番高いところに立ちました。そこからは、美しく大きな街が見下ろせました。

けれど、花の妖精の気配なんて、ルルーには感じられませんでした。丘には、夏の風が吹くばかり。永遠に続くような静かな川のせせらぎがきこえるばかり。日差しに萎《しお》れた白《しろ》詰草《つめくさ》が、何かの蔓草と一緒に、丘を埋めていました。

ルルーは丘をくだりました。川のせせらぎのそばに、膝を抱えてしゃがみこみました。蒸すように草の匂いが立ちこめていました。

ペルタが草を踏んで近づいてきて、ルルーの腕に、手を置きました。

『花の妖精がいないの、残念だったね。でも、きっとどこかには、いるよ』

「いいのよ」とルルーは答えました。「どうせ、そんなものがいるなんて、信じてなかったもん。あれは、お伽話よ」

『でも魔女だって、ここにいるじゃない？』

「わたしと花の妖精は違うの。花の妖精は、昔に滅びちゃったって、わかってるんだもん。姉さんがいってたわ。花の妖精は人間が心の中に持っている熱い想いに近づくと、死んでしまうんだって。太古にたくさんいた妖精たちが滅びちゃったのは、人間が増えて、世界中で暮らすようになったからなんだって」

『「熱い想い」って何なの？』

「夢のことだって姉さんはいってたわ。自分の夢を叶えたい、幸せになりたいって人間が思う時、心が熱くなるんだって。花の妖精は、か弱く優しいから、人間の心の、その熱に焼かれてしまうの」

化石を見上げていた時の、カーリンの表情を思いだしました。そして医者になって、たくさんの人を救いたいといっていた時のあの人の眼差し。燃える瞳。そばにいたルルーの心にまで、熱い炎が燃え移るようでした。

（あの人は……わたしを騙したのかもしれない。でも――あの時の眼差しは、あの人の夢は、きっと本当だわ。わたしはあの人の夢が、好きだった……夢の話を聞くことが）

楽しかった毎日がふと思いだされて、マントの胸元を握りしめました。

『ルルー、どうしたの？　どこか痛いの？』

ペルタが心配そうに訊きました。

ルルーは川のせせらぎをみつめました。夏のやや傾いてきた日を眩しく魔法めいて照り返す流れを。いつか、呟いていました。

「……遠くにいきたいな。花の妖精が元気に暮らしているような、そういう世界に」

森は、黄昏《たそが》れてゆきました。薮《やぶ》の中で、夏の虫たちが鳴き始め、風は涼しくなってきました。その風に乗って、街の方から音楽がきこえてきたのは、いよいよ、『月光の祭り』が始まるのでしょう。見上げれば空には、大きな満月が光っていました。

月の光に照らされて、ルルーはやがて重い腰をあげ——その時でした。小川からたちのぼる白い霧に、ルルーは気づいたのです。

（今ごろ、霧？）

ひんやりとした霧は、音もなく漂い、渦を巻くように、辺りを覆ってゆきました。みたこともないような、ミルク色の、濃い、深い霧でした。

ペルタが、ルルーにすがりつきました。

『ルルー、周りがみえないよう』

「大丈夫。すぐに晴れるわ。それまで動かずにいましょう。森に踏み込んで、木の根で転んじゃったりしたら、やだもの」

ルルーはペルタを抱いて立ちつくし、霧が晴れるのを待ちました。魔女の目は、暗闇でも見通すことができますが、この深い霧の中では、迷子になりそうな予感がしました。絹のような艶のある白い霧は、ひんやりとルルーを包みこみ、やがて、薄れてゆきました。

驚いたことに、辺りは、もうすっかり夜になっていました。

「……けっこう、時間がかかったわね」

ルルーは歩きだそうとしました。

とりあえず、街へ帰ろうと思っていました。でも、ペルタにはああいったものの、人形芝居をしてお金を稼ぐのは、今は無理なような気がしました。

（魔女の振りをして、笑顔でお芝居するなんて、とても無理……）

手持のお金が減っていっているのは事実でも、少なくとも今夜は、疲れたからだと心を、宿で休めたいと思いました。

ルルーはため息をつき――はっとして、目をあげました。

（――何？　あの光は？）

5　時を越えて

1

月が青く照らす川の対岸に、ふわふわした光がひとつ瞬《またた》いていました。蛍のような、でももっと大きな真珠色の光です。ゆっくりと宙を飛んでいます。

その光に照らされるようにして、長い金色の髪の少女が、笛を吹いていました。優しく透き通る、月の光のような笛の音でした。美しいけれどさみしげな曲でした。

ふと、その子は笛をおろしました。川のせせらぎをみつめました。目を伏せて、祈るような面持ちで何か言葉を呟きました。

その目から、涙が流れました。不思議な、金色の目でした。琥珀《こはく》かトパーズのような。

急に、少女が視線を上げました。ルルーと、目が合ったのです。

少女は驚いたようにルルーをみつめ、立ち上がりました。後ずさりすると、金色の髪をなびかせて、森の奥の方へと駆けてゆきました。宙に浮いている不思議な光も、ふわふわふわ、と、少女についてゆきます。

「――あの、あなた、待って」

背中に呼びかけても、森には『願い川』のせせらぎの音と、風の音が響くばかり。少女の足音は遠ざかり、やがてきこえなくなりました。

「……いいわ」

ルルーは、肩を落としました。「人間の女の子なんてわたしには、どっちみち関係ないもの」

月の光に照らされて、深い森の中を、ルルーは街へ向かって歩きました。

疲れたからだは、重い石をくくりつけているようでした。手に提げた旅行鞄の重さときたら、まるで石そのものです。

『静かだねえ』と、ペルタがいいました。『街の方から、お祭り騒ぎがきこえてこないよ。お祭り終わっちゃったのかな？』

「……まさか。月がのぼったばかりでしょ？」

そういって見上げると、満月だったはずの月が、欠けているのです。今夜は月食だったかしらとルルーは思いましたが、そんなふうでもありません。

何だか気味が悪くなりました。

『──ねえ、この森、こんなに深かったっけ』

ペルタが不安そうに訊きました。

たしかに昼下がりにこの森を通った時は、もっと明るい森だったような気がします。

「……昼間と夜とじゃ、違ってみえるのよ」

そういうことなのだと思おうとしました。

月明かりで青く染まった森では梟《ふくろう》が鳴き、小さな夜行性の獣たちが、かすかな足音を響かせて走っていました。ルルーは木の根につまずかないように、気をつけて歩きました。

夜目が利く魔女にも、深く暗くみえる森でした。

（昼間は、簡単に通った森なのにな……）

疲れで足が重いせいなのでしょうか？

森が終わる頃、木々の間にみえてきた街の夜景に、ルルーは目を疑いました。光がずいぶんと少ないのです。

『お祭りの夜だっていうのに、街が暗いねえ』

ペルタが、呟きました。『やっぱり、お祭り終わっちゃったんじゃない？』

「――それでもいいわよ、別に。もともと、お祭りにゆきたかったわけじゃないもの」

『でも、なんか残念じゃない？』

そのとき、近くでざわりと音がして、夜の猟をしていたらしい猟師さんが藪から姿を現しました。

猟師さんは、夜目にもわかるほど、青ざめていました。まばたきひとつせずに、ルルーをみつめています。なぜだかお伽話にでてくる人のように、古めかしい服を着ていました。

「あ……あのう？」

ルルーが話しかけようとした時、猟師さんは、いきなり弓に矢をつがえました。

「動くな、忌まわしい魔女め。俺たちの村に、災厄をもたらしにきたな？」

引き絞られた弓の弦は震えました。

訳がわからなくて、ルルーはただ、その場にぼんやりと立っていました。だから、放たれた矢がはずれて、そばにある木の幹に刺さったのは、幸運なことでした。

矢が木に刺さる、叩きつけるような音に、我に返り、声をあげました。

「何をするんですか？　わたしは……」

「魔女だろう？　その姿は、魔女だ。マントも帽子も、赤い髪もな。そもそも普通の子どもが、こんな遅い時間に、ひとりで森をうろついていたりするものか。さては、夜闇に紛れて、俺たちの村に忍び込むところだったんだろう？」

猟師さんは、次の矢をつがえていました。

『ルルー、ルルー、逃げなきゃ駄目だ』

ペルタが、叫びました。その声を聞くより先に、ルルーは身を翻していたのですが、猟師さんの放った矢が、マントをかすめました。

「何なの？　何なの、あの人？」

ルルーは森を走りました。早く街へ帰ろう、誰かに助けを求めよう、と、走りました。

そう、街へ向かって走ったつもりだったのです。今日街道を通って辿り着いたはずの街、昼下がりに、お祭りの準備をしていて、華やかに飾られていたはずの街へ向かって。

方向は、あっていたはずでした。なのに。

「――ここは、どこ？」

ルルーは、立ちつくしました。

目の前にあったのは、街ではなく、『南の森の村』でした。門にそう書いてあります。

その門は、ルルーが昼間にみた、花が飾られた大きな石造りの門ではなく、質素な木の門でした。そうして門の向こうにあるのは、昼間みた街とはまるで違う、小さな村だったのです。

静かな月の光の下、土埃のたつ乾いた細い道を挟んで、その両側に、今にも倒れそうな家々が支えあうようにしてたっています。

暗い道を、寝静まった小さな村を、ルルーは月明かりを頼りに歩きました。

知らない村でした。きたことのない場所でした。――でも、目の前にみえる高い山、あの山には見覚えがありました。それに、この村がある場所は――やはり、昼間みた、あの華やかな街と同じ場所に思えるのです。

（何なの？　どういうことなの？）

目が眩《くら》むようでした。

（夢でもみてるの？　わたし）

でも夢でない証拠に、疲れたからだは、今にも地面に倒れてしまいそうに重く、腕の中のペルタは、ふわふわのからだを震わせて、

『変だよ、これって変だよ、ルルー』

と、叫ぶのでした。

その時、風に乗って、かすかな声がきこえました。呻くような、泣くような声でした。

2

ルルーは恐ろしくて、凍りついたように立ち止まりましたが、その声がどうしても気になって、声のきこえた方へと足を進めました。

壊れそうな家々がたつ辺りから、やや遠ざかったところに、小さな広場がありました。

熊でもいれるような大きな鉄の檻《おり》があって、人影がありました。年老いた女の人が、朽ちた枯れ木のように、中に座りこんでいたのです。

(――何かの罪を犯した人なのかしら?)

でも、それにしても、こんな吹きさらしの檻にいれるなんて酷い話です。

近づくうちに、女の人がひどく、病んでいることに気づきました。何かはわかりませんが、伝染病のようです。ルルーにはそして、その人がほとんど死にかけているということ

もわかったのでした。

「あの……」と、ルルーが声をかけると、年老いた女の人は、ふらりと顔をあげ、それから目と口を大きく開けました。檻にしがみつくようにして立ち上がって、かすれた声で、

「何をしてるの、あなた。早く逃げなさい」

「……逃げる？」

「あなたも魔女でしょう？　わかるわ。わたしも魔女だもの。ああ、そんな格好をして。人間たちに捕まえてくださいっていってるようなものじゃないの。マントと帽子を捨てて、早くお逃げなさい。もうじき、街の人間が見回りにやってくる。夜が明ける前に、さあ」

「あの、どうしてですか？」

年老いた魔女は、両手を振り上げました。

「人間たちに殺されるからよ。わたしのように捕まって、明日には焼き殺されたいの？」

ルルーは、魔女がちらと視線を走らせた方を振り返りました。そこには、銅製の太くて高い柱がありました。柱は、まるで何度も焼かれたように黒ずんでいました。そして、柱の周りの焼け焦げた土の上には、焼けた誰かの服やら髪やらの、残りかすがあったのです。

その柱を中心にたちのぼる、悲しみや憎しみの想いが、青白い姿の幻になって、ルルーの目にはみえました。子どもだったり年老いていたりする魔女たちが、長い長い年月の間に、ここで何人も殺されたのです。

「──どうして？　どうして？」

ルルーは、呆然としました。「魔女狩りは、百年も昔に、なくなったはずじゃ……」

「いつの話をしているの？　夢でもなきゃ、そんな時代はこないわよ。人間たちは、これからもずっと、きっと最後のひとりまで、魔女を殺しつくすつもりなんだからね」

「でもわたしには、人間の友達が……友達みたいな人達がいるんです。魔女様、って呼ばれて、みんなのために薬を作って感謝されて」

「──わたしにも、人間の友達がいたわ」

ぼそりと、年老いた魔女はいいました。「長い長いおつきあいの友達だったの。いいえ、故郷の街じゃあ、街中の人達が、何代にもわたって、わたしの友達だった。わたしはあの人達の病気を治したり、よいことが起きるおまじないをかけてあげたりしたものよ。──楽しかった。本当に楽しい毎日だった。でもね、いつの頃からか、だあれも遊びにきてくれなくなって。みんながわたしを避けるようになって。ある日、家の窓が石で割られたの。魔女は人間を呪って、街に災いをもたらすから、出ていけっていわれたの。

わたしはそれで、何百年も住んだ、大好きだった街を離れたの。それからずうっと逃げて。あの高い山を越えて。こんな遠い山奥の村にまできて。なのに、すぐに魔女だってばれちゃって。捕まって。──まったく、なんて一生だったのかしら？　わたしの……」

年老いた魔女は咳き込みました。

「――あの山、高い……道のない山。越えるのは大変で、辛かったのに。人里離れたこの村にきたら、助かるかもしれないって思って……はるばると、旅してきたのに」

魔女は自分を笑うように、暗い目をして、

「他の魔女達も、みんなおんなじことを考えて、山を越えて逃げてきたんでしょうね。そうしてみんな、助からなかった。捕まって殺されてしまった」

ルルーは訳がわからなくなりました。

「街道を通ってこなかったんですか？　山をくぐるトンネルを通って。トンネルを通らないと、ここへはこられないんじゃ……あ、でもそれは『南の森の街』のことで……でも、ここは、『南の森の村』なんでしょうか？」

年老いた魔女は、怪訝そうに顔をあげて、

「トンネル？　そんなものはなかったわ。この村は、あの高い山のせいで、他の地方と切り離された、貧しくさみしい、孤立した村よ。

『南の森の街』なんて名前の街、きいたことはないわ。本当に、あなた、夢でもみてるんじゃ……」

「そんなことありません。たしかにわたし、今日、トンネルをくぐったし、わたしの他にもたくさんの人達が、お祭りをみるために」

「お祭り？　なんの？」

「今夜、ここであったはずの『月光の祭り』……」

老いた魔女は、苦笑しました。

「そんなお祭りはなかったわ。そもそもこの村には、お祭りなんてする余裕なんてありはしないわよ。うち続く戦争と、酷い気候で、貧しく荒れたこの国の中で、ひときわ貧しいのがこの村、『南の森の村』なんだから」

ルルーは周りを見回しました。貧しい人々が寝静まった小さな村に吹く、乾いた風の音をききました。銅の柱に残る、そこで燃やされて死んだ魔女達の心の声をききました。

その時ルルーは、この場所が、昼間に迷いこんだ『魔女の処刑場跡地』のあった場所、その同じ場所に違いないと悟ったのです。

ルルーの胸が、どくんと鳴りました。

(もし……もしこれが、夢じゃないとしたら)

震える声で、訊きました。

「あのう……今、何年なんですか？」

老いた魔女が、呟くようにして教えてくれた年は、ルルーの暮らしていた年から数えて、百五十年も昔の時代のものでした。

「わたし……たぶん過去の世界にきちゃったんだ。ここは、百五十年前の世界なんだわ」

ルルーはペルタを抱きしめました。ペルタも、ルルーにすがりました。

『でも、でもどうしてなの？　ルルー』

「わかんない。わかんないわ」

震える声で、かいつまんで事情を話すと、老いた魔女は考えこみ、やがて顔をあげ、

「あなた、もしかして、この近くにあるっていう『願い川』で、何か願いごとをしなかった？」

「いいえ。――いいえ、あ、でも……」

ルルーは、はっとしました。

――遠くにいきたいな。花の妖精が元気に暮らしているような、そういう世界に――

そんなふうに、ルルーは願ったのです。

「それでだわ」と、老いた魔女はいいました。

「川の魔法の力で、遠くへ――この時代へと、飛ばされてきてしまったのよ。かわいそうに」

「『願い川』の伝説って、あの、本当だったんですか？」

「わたしも、ただの伝説だと思ってたんだけど。でも、時を超えるなんて大変なことは、伝説の川の魔法でもなきゃ無理だと思うわ。

といっても……わたしも、『願い川』の伝説には、くわしくはないんだけど。あの川は、たしか古い魔法の力をもっている川で、八月の満月の頃、その夕方に、あの川に願いごと

をすると、叶うとかいうらしいわね」

ルルーは、からだから力が抜けるのを感じました。胸が痛くなるくらいに、元の時代に帰りたい、帰らなくては、と思いました。

「でもどうやって……帰ればいいの？」

「安心しなさい。大丈夫よ」

老いた魔女がいいました。「伝説の通りなら、もう一度、川に祈ればいいのよ。今は八月。満月は五日後よ。だからね、何とかそれまで、この時代で生きぬいて、人間たちから逃げのびて、その日の夕方に、『願い川』で、帰れるように祈ってごらんなさいな」

ルルーは冷たくなった自分の手を握りしめました。目に涙がにじんでいました。

「……帰れるんでしょうか？」

「大丈夫よ。きっと、大丈夫」

老いた魔女は、微笑みました。「そうなの。あなたは未来からきた魔女だったの。……未来の世界では、魔女にも、また、人間の友達がいるのね。帰りたいと思えるような優しい世界に、小さなあなたは生きているのね」

「あの」と、ルルーは叫びました。

「一緒に……わたしと一緒にいきましょう」

ルルーは女の人の手をとろうとしました。檻には鍵がかけてありますが、魔法で、何とか壊せないだろうかと思いました。

老いた魔女は、ゆっくりと首を振りました。

「その鍵は、魔法避《よ》けの銀でできているの。それに、わたしはここから逃げる気はないのよ」

檻の奥の方へ、ルルーの手を避けるように、よろよろと遠ざかりました。

「どうしてですか？　このままここにいたら、死んで……殺されて、しまうんでしょう？」

魔女は、静かにいいました。

「お嬢ちゃん。わたしに近づいては駄目。病気がうつるわ。わたしはね、恐ろしい伝染病にかかっているの。人間なら三日で死んでしまうような病よ。故郷を離れて、逃げるうちに、どこかでうつったの。薬草があれば助かったんだけど——探すひまもなくて、今日まできたの。……この近くにこの病気に効く薬草がある。そんな気はするんだけど……」

「わたしが、探してきます」

「駄目よ。もう手遅れ。わかるでしょう？」

ルルーは、黙ってうつむきました。

老いた魔女は、穏やかな声で、

「わたしはもうじき病で死ぬわ。だから、ここで死んだ他の魔女たちみたいに、辛い苦しい思いはしないですむ。ね、悲しまないでね。——それにね。ここでこうして死ぬことで、わたしは、人間たちに復讐《ふくしゅう》することができるの」

声が暗い響きを帯びました。ルルーは、その人の顔を見上げました。檻の中の老いた魔女の目はぎらりと光っていました。

その時でした。

「——ほら、そこだ。よくみろ、そこに、魔女のそばに、魔女の子がいるぞ」

森できいた、あの猟師さんの声が遠くの方でして、たくさんの人々の足音が、こちらへと近づいてくるのがわかりました。

年老いた魔女が、叫びました。

「早く逃げて。村を離れて。山へいくのよ」

その声に弾《はじ》かれるようにして、ルルーは檻のそばを離れました。

けれど、老いた魔女を残してゆくことがどうしてもできなくて、振り返った瞬間、右肩に、息が止まるような痛みを感じました。

ころりと地面に落ちたのは、石でした。

十人ほどの村の人達が、すぐそこに迫っていました。松明《たいまつ》をもち、まるで悪魔をみるような、恐れと憎しみで歪んだ表情をしてルルーをみつめ、それぞれの手に、石や、鍬《くわ》や、棍棒《こんぼう》をもっているのでした。

あの猟師さんが、弓に矢をつがえました。

「魔女め、今度こそ、仕留めてやるぞ」

3

「いきなさい。早く、いきなさい」

老いた魔女が、ルルーに叫びました。

そうして、炎の魔法の呪文を唱えました。炎は地面の上を流れる火の川のように、ルルーと村の人達の間を遮《さえぎ》ったのでした。

「この魔女め」

猟師さんが矢を放ち、その矢が、老いた魔女の細いからだを貫きました。

その瞬間、炎に照らされた魔女の顔が、何を思ったのか、何ともいえない恐ろしい笑みを浮かべたのを、ルルーはみました。優しそうだった目がぎらついて光りました。

魔女は倒れ、そのからだは、すうっと夜闇に透けるように、消えてゆきました。魔女は死ぬと、空気に溶けてしまうものなのです。けれど、その時、ルルーの目は、檻の中から夜空に立ち上がる大きな鳥の影をみました。

魔女のからだからうまれたように、黒い翼の鳥がはばたき、空に浮かんだのです。黒い鳥は魔物のように、ぐんぐんと大きくなり、その闇色に透き通る翼で村を覆いました。

そうして、何の前ぶれもなく、かき消すようにふっと消えたのです。

『ルルー、何やってんのさ』

ペルタが必死な声で叫びました。

『逃げるんだよ。死んじゃったおばあさんのためにも、ルルーは逃げなきゃなんだよう』

老いた魔女が死んだあとも、まるでその心だけが残っているように、炎の川は、明るく輝きながら、まだ地面を流れていました。

ルルーは我に返って、駆け出しました。

その頃には、騒ぎがきこえたのでしょうか。村の、他の人達も起き出してきたような気配がしていました。家々に、明かりが灯ります。

ルルーは、震える足を引きずるようにして、走りました。暗い方へ。人間の村から遠ざかる方へ、と。顔をあげると、そこに見上げるほど高い山が、黒くそびえていました。

（山に――あの山に逃げるしかないんだわ）

山や森は、獣たちの世界、魔女に味方をしてくれる世界です。自然の中に逃げこめば、夜闇に紛れて姿を隠すことも、できるかも知れません。

涙を拭いながら、ルルーは、呟きました。

（あと五日。満月の夜まで、生きのびなきゃ……）

死んだ魔女の声が、耳に残っていました。

小さな村をとりまくように、深い森が続いていました。それはルルーが元いた時代には、こんなに深くはなかったはずの森で——でも今のルルーには、その深さが心の支えになりました。狐や山鼠や、夜動く小さな獣たちが、ルルーを励ましてくれました。

『あと少しだよ、あと少しで、山の入り口』

『人間は、山へは入れないよ』

『大丈夫。魔女の足なら、すぐ逃げられるよ』

そう。いつものルルーならば、人間たちが何人追ってこようと、簡単に引き離すことができたでしょう。風に乗ったように、軽々と駆けることができるのが魔女なのですから。

『ルルー、もっと速く走らないと』

腕の中のペルタが、焦ったようにいいました。ルルーはあえぎながら、

「駄目なの……もう、駄目なの。足が重くて、うまく動かないの。息が苦しいの。わたし、走りたくない。もう、どうなったっていい」

涙が頬に流れました。ぶつけられた石があたった肩が、燃えるように痛んでいました。

(人間に、石をぶつけられちゃった……)

(人間に、石を……)

あの石は、おまえなんか仲間じゃない、と、ぶつけられた言葉でした。おまえなんか死

ねばいいと、ぶつけられた心でした。

走りながら、ルルーは泣きました。

（わたしは何もしないのに。魔女は何もしないのに。どうして嫌うの？　どうして死ねっていうの？　なぜ、殺すの？　人間がわからない。人間の心がわからないよ……）

悲しみの色に染まった心の奥から、もうひとつの感情がうまれてきました。

それは、憎しみでした。

（どうして、あのおばあさんを殺したの？　どうして、わたしの父さんや母さんを？　人間は、どうしてそんな、酷いことができるの？）

人間なんて嫌いだ——そう思いました。

人間は、すぐに誰かを裏切るし、戦争なんかするし、何を考えてるのかわからないし。いつだってルルーを傷つけてばかりで。

（人間なんて……わたしの友達じゃない。わたしとは、最初から関係のないものなんだ）

そう考えることは、心に風が吹き渡るように、すっきりすることでした。けれど同時に、どうしようもないほどに悲しくてさみしくて、目に涙が溢れて、息がつまりました。泣きながら、ルルーは森を走り続けました。木の根につまずき、木の枝にマントや帽子を引っかけながら。

後ろからは、人間たちの足音が、魔女の死を追い求める声が近づいてきます。

夜よりも深く、ルルーの心には、暗闇が満ちていました。だから、道のそばに川が流れていることに、藪の中に崖があることに、気づかなかったのです。ルルーは藪につまずき、木々にひっかかりながら、はるか下にある暗い川へと落ちてゆきました。

4

村の人々は、腕や棍棒で藪の木々を押しのけ、崖下に流れる川をみました。

草木で覆われた暗い川の中に、松明の灯りに照らされて、水に半ば沈んだ魔女の子の姿がみえました。木の枝に引っかかって、流れずにすんでいるようでした。魔女の子は、ぴくりとも動きませんでした。

「……この高さだ。死んだかな？」と、ひとりがいいました。

「魔女はしぶといぞ」と誰かが答えました。

「下にいくか？」

「そうだな。子どもでも魔女だ。死んだふりをしているのかもしれないからな」

「魔女どもめ。どうしてこんな山奥の小さな村を目指して、次から次へとやってくるんだ」

「本当じゃよ。わしたちの村は、生きてゆくのがやっとなほど貧しいというのに、これ以上災いをもってこられるのはたまらん」

人間たちは、藪をはらい、蔦や木の枝をつかんで、崖を下に下りようとしました。

その時でした。

「みろ、あれを」と、ひとりが怯えた声で叫びました。村の人間たちは、叫んだ男がみる方を、みんなで振り返りました。

月光の下に、一頭の狼が、立っていました。

普通の狼ではありませんでした。ひどく大きくて、そのからだは不思議にまばゆい金色に輝き、瞳も黄金に光っていたのです。

狼は、憎しみをこめた眼差しで、村の人間たちをみつめました。うう、と、唸り声をあげると、剝き出した牙が銀色に光りました。

「魔物だ。魔法狼だ」

「魔法狼が、でた」

村の人間たちは後ずさり、転びそうになり、互いに助けあうようにしながら、逃げてゆきました。

金色の狼は、人間たちがいなくなると、軽やかに、崖下へと身を躍らせました。流れに浮かんでいたルルーのすぐそばに飛び降りると、金色の瞳で、ルルーをみつめました。

ルルーは、ほんのわずかの間、顔をあげました。狼をみました。

(──綺麗な、狼さんだ……)

こんなに美しい狼は、みたことがないと思いました。

(……でもどうして、悲しそうな目をしているんだろう?)

そう思って、そして、意識を失いました。

狼は、大きな口でルルーの服の背中の辺りをそっとくわえると、地面を蹴りました。舞い上がるように崖の上へと飛び上がり、そのまま、山を目指して、駆けてゆきました。

5

干し草の、よい匂いがしました。

ルルーは目を開け、そして、自分の鼻先に浮かんでいるものに、首を傾げました。

真珠色の光の玉が、浮いています。いいえ、蝶々の羽をつけた、光る小さな女の子が、はばたきながら空に浮かび、ルルーをみているのです。

間近で。興味深そうに。しげしげと。

「まさか──花の妖精?」

お伽話できいた通りの姿です。

ルルーは、ばっと身を起こそうとして、

「あいたたた……」

　あまりの痛みに、からだを折りました。

　何だか全身が痛いのです。

（どうしてだっけ？）と考えて、ゆっくりと、何が起きたか思いだしました。

「そっか……川に落ちたんだ……」

　その時のことを思いだすのと一緒に、心の中の闇も、蘇ってきました。ため息をつきながら、右肩の傷にふれると、誰かの手で手当てがしてありました。気がつくと、からだのあちこちの小さな傷にも、丁寧に薬草で手当てがしてあるのでした。ルルーは柔らかな干し草のベッドの上にいました。どうやら誰かがここにルルーを運んできて、寝かせてくれたようなのです。

　それに、ルルーは、知らない服を着ていました。ルルーの着ていた服は、乾かして畳んで、枕元に置いてありました。誰かが濡れた服のかわりに、その人の服を着せてくれたのでしょう。

「誰かって――それって……誰が？」

　そもそも、誰が、ルルーをあの暗い川からすくいあげてくれたのでしょう？

　ルルーは、辺りを見回しました。

　薄暗い場所でした。――洞窟《どうくつ》のようです。少し離れたところに、光が明るくみえる出口があるからわかります。光がみえるということは、今は昼なのでしょう。

洞窟の中は、きちんと片付いていました。壁の土には棚のようなでこぼこが掘られていて、ランプや鍋や、食器や、かわいらしい飾りものが置かれているのでした。乾いた床には敷き物も敷かれていて、荷物を入れてあるらしい木箱もいくつか置いてあります。

「誰かが――住んでいるのかしら？」

その誰かは、普通の人間よりも、暗いところが苦にならないのだな、と思いました。ルルーは魔女なので、窓のないこの洞窟でも、どこに何があるかわかりますが、普通の人間には、昼間でも薄暗いここでの暮らしは、なかなか難しいような気がします。

ルルーは、妖精のような、浮いている小さな女の子を振り返りました。

「妖精さんのおうち、ってことはないわよね。あなたには、家具も食器も大き過ぎるもの。あのう……あなた、お花の妖精さんよね？」

訊ねると、妖精は高い声で、

『あったりまえじゃない、お馬鹿さん。この綺麗な羽をみれば一目でわかるでしょう？ここは、もちろん、あたしの家なんかじゃないわよ。あたしは、お空の下の、妖精の丘の、綺麗なお花のベッドで眠るんだから。鍋も食器も、あたしたちは使わないわ。火を使うものなんて、食べないもん。魔女ってさあ、初めてみたけど、けっこう世の中のことを知らないのね』

ルルーは、むっとしましたが、それで、大事なことを忘れていたことを思いだしました。

（ペルタは、どこにいったのかしら？）

あの暗い川に、沈んでしまったかもしれない、そう思うと、からだが痛くても、立ち上がらずにはいられませんでした。あのくまはうるさくて生意気でも、ルルーが幼い頃から、もう何十年も一緒にいる大事な友達なのです。

ルルーはよろよろと、洞窟の外の方へと向かいました。妖精がついてきて、

『ちょっと待ちなさいよう、怪我人は——あ、怪我魔女か、寝てなきゃ駄目でしょう？』

と、後ろから、赤い髪をひっぱりました。

6

笛の音が、きこえました。

午後の日差しの降りそそぐ、緑の濃い夏の森、風にそよぐ木のそばを、銀色に輝く小川が流れていました。小川のふちをかがるように柔らかな草がはえていて、そこに金色の髪の少女が、こちらに背を向けて座って、笛を吹いていたのです。その隣には、ちょこんと、ペルタが、身を寄せるようにして座っていました。

ルルーは、ほっとしたのですが、

（あ、この笛は……）

『願い川』に霧がかかった夜に、川辺で笛を吹いていた、あの少女の笛の音でした。

（そうだ――あの子だわ）

奏でている曲もおそらくはあの夜と同じ。美しく、懐かしいような、どこか憧れに満ちたような切ない旋律の曲だと思いました。

ペルタが振り返り、ルルーに向かって、手を振りました。

『ねぼすけ、ルルー。早くおいでよ』

「なによ、もう」と、ルルーは口を尖らせると、自分のものではないような重たい体を引きずって、川辺にゆきました。

日差しが目にしみました。

「えっと……あのう」ルルーは口ごもりました。

少女が振り返りました。長い金髪が日にきらめいて、まるでお日様の妖精のようでした。綺麗な金色の目は今日は微笑んでいました。

「大丈夫？　まだ無理はしないほうがいいわよ、魔女のルルーさん。話はくまのペルタくんからきいたわ。大変だったわね」

ふっと表情が曇りました。「おばあさんの魔女が亡くなったのですってね。知らなかった。村にそんな人がいたと知っていたら、その人も助けてあげたのに」

「あの……あなたが、わたしを助けてくれたんですか？」

崖下に落ちてからのことを、よく覚えていません。自分の体が川に落ちる水音をきいたような、暗い川の水が冷たかったような、そんな記憶の欠片だけが、心の中にあるのです。

この少女が、川からルルーをすくい上げ、洞窟に連れてきてくれたのでしょうか？

『そうだよ』と、ペルタがうなずきました。

『昨夜からつきっきりで世話してくれたんだよ。ルルーはまずお礼をいわなくちゃね』

「わかってるわよ、そんなこと」と、ルルーはペルタを睨《にら》みつけて、少女に、

「ありがとうございます。感謝します」

「堅苦しいのはなしにして。わたしはレニカ。そう呼んで。わたしもあなたのことを、ルルーって呼ぶから」

金色の少女は微笑みました。懐かしい笑顔でした。よく知っている誰かの笑顔のような。

「わたしたち、きっと友達になれるわね。だってわたしも、人間じゃないのだもの」

6　金色のレニカ

1

少女は、胸に手をあてて、いいました。

「わたしは人狼《じんろう》。魔法狼《まほうおおかみ》なの」

ルルーは、レニカをみつめました。川に落ちた時みた、金色の美しい狼の姿を思いだしました。

（あれは……レニカだったんだわ）

魔法狼については、死んだお姉さんからきいたことがありました。人の姿と狼の姿と、ふたつの姿を持つ存在だということを。強い力と意志を持っていて、風のように野を駆ける半人半獣だと。でも、世界にはあまりいないのだとも、きいていました。

ルルーたち魔女と同じように、人間と違う、不気味な魔物だと人間たちに恐れられて、追われたり殺されたりしたからでした。

日の光の下のレニカは、夜にみた涙が嘘のように、明るく笑いました。

ルルーの方に身を乗り出して、

「あなたも旅芸人をして暮らしていたってペルタくんにきいたんだけど、あのね、わたしもなの。二年前に、この妖精の丘に落ち着くまでは、旅芸人の一座に加わって、いろんな国を旅して、笛を吹いていたのよ」

「それで、笛が上手なのね」

「褒めたって何もでないわよ。でも嬉しかったから――そうね、お魚とってあげよう」

ひらりとレニカの手が、川の面をなでました。

一瞬のことのようにみえました。でもレニカの手には、いつのまにか、魔法のように、跳ねる川魚がのっていたのです。

レニカは、笑いました。

「ご飯にしましょ。もっといっぱいとって、火をおこして、塩焼きにするわね。鹿の肉で作ったスープもあったためるわね。朝のうちに作っておいたの。からだがあたたまって、元気がでるわよ」

「ありがとう……でも」

何も欲しくありませんでした。からだも疲れていたけれど、それよりも今はすっかり心を覆ってしまった暗い雲が、いろんなことをする気力を奪ってしまったようでした。

「駄目よ」と、レニカは、金色の目で、ルルーをみつめました。「食べたくなくても食べるの。でなきゃ、からだは治らないわ。それにね。食べていたら、少なくとも、明日までは生きてゆける。どんなに辛い時でもね。そうして生きていさえすれば、明日か、でなきゃ、あさってかしあさってくらいには、きっと、何かいいことが待ってるものよ」

2

川辺の木陰で、お昼ご飯を食べました。スープも魚も口にしてみると美味しくて、ルルーは、そうして初めてお腹が空《す》いていたことに気づきました。

お腹があたたかくなると、少しだけ、元気がでてきました。

「……あの、ありがとう。レニカ」

「困った時は、お互いさまよ」

香草の良い匂いのお茶をついで手渡してくれながら、レニカはいいました。

「それにね、嬉しいの。誰かにお食事を作ってあげるのって久しぶりだったの。旅の一座にいた時に、仲間の人達とご飯を作って食べた、あれ以来だわ。ひとりきりで作って食べるのと、味が全然違うのね」

「……そういう気持ち、わかるわ」

ルルーはうなずいて、呟きました。

思えば、風の丘で訪ねてきたお客様達にお茶や食事を用意してあげるのは、なんて楽しかったことでしょう。カーリンと一緒に食べる時、森や山、小さい畑でとれるもので作った食事が、どれほどご馳走に思えたことでしょう。

カーリンのことを思いだすと、胸がちくりとして、ルルーはうつむきました。

そういえばカーリンも、さっきレニカがいったようなことをいったことがありました。

あれはふたりで森に茸《きのこ》をとりにいった日のこと。晩ご飯のシチューの鍋に、茸をどっさりいれながら、カーリンはいったのです。

「子どもの頃から思ってるの。どんなに辛くてさみしい時も、きちんとご飯は食べようって。特に、晩ご飯はね。食べたら、お腹いっぱいになるでしょ？　そしたら眠れる。寝るのって大事よ。だって寝なきゃ、明日はこないから」

良い匂いの湯気が上がるシチューをまぜるカーリンは、ふと悲しげに目を伏せて、物語でも語るような様子で、

「どうしてかな？　わたしはいつもひとりだったわ。友達がほしかった。わたしの心をわかってくれる人が。子どもの頃からそう思ってきて、たくさんたくさん明日を重ねて、そうしてルルーに会えたけど、子どもの頃に、ルルーに会えていたらよかったな。ルルーと子ども同士で友達になれた年齢の頃に」

笑いながら、でも声を震わせて、そういいました。

（ああ、レニカの目って、少しカーリンさんに似てるかもしれない……）

カーリンの茶色い瞳はたまに、レニカの瞳のように、琥珀色に澄んで輝きました。元気

な話し方も、森をはりきって歩く姿も、どことなくレニカに似ていました。

（子どもの頃のカーリンさんって、今のレニカみたいだったのかなあ……）

そう思ってみると、焚き火の向こうのレニカが、子どもの頃のカーリンにみえてきて
――ルルーは目を閉じて、首を振りました。

（あれもきっと嘘なのよ。わたしと仲良くなるための、嘘の話だったの。忘れよう。忘れなきゃ）

3

レニカは焚き火にかけたスープの鍋を、大きな木の匙でかきまぜながら、

「旅の一座にいた頃は、正体がばれないようにするのに必死だったのよ。でもわたしってば魔法狼で、怪力なものだから、お料理してても、鉄の大鍋とか、軽く持ち上げちゃったりしそうになるのよ。曲芸の熊と腕相撲しても勝っちゃったりとか。誰かに驚かれるたびに、慌ててか弱い女の子のふりしてた」

レニカは懐かしいものが、鍋の湯気の中にみえているような目をしました。

「わたし、ずっと昔に、両親と死に別れてね、ひとりきりでゆくところがなかったところを、旅の一座に拾われたの。笛は座長から習ったのよ。お父さんみたいな人だった。一座

の人は、みんな家族みたいだったわ。でもわたし、自分が魔物だっていえなくて。いえないまま一座を飛び出してきちゃったのよね。

みんな今頃どうしているのかなあ？」

「どうして、飛び出したの？」

「正体がばれるのが怖かったのかな。一座のみんなに嫌われたくなかったの」

ルルーは、はっとしました。

「わたしもそんなふうに思ったことがあるわ」

大好きな人達に、自分が魔女だといえなかった、そんな経験が、ルルーにもありました。まだ風の丘に落ち着くまえ、正体を隠して旅暮らしをしていた頃のことです。あることがあって、結局は正体がばれてしまったのですけれど。

（でもあの人達は、わたしを嫌わないでくれた。魔女のわたしを好きだっていってくれた。わたしのことを、大切な家族だって……）

懐かしさに胸が苦しくなりました。

「大好きだったんだけどな、あの人達」

レニカが、ひっそりといいました。ルルーが思ったのと同じ言葉を。

「もう一生、会うことはないだろうけどね。ずっと幸せは、祈ってる」

遠い空を見上げて、そして、笑いました。

食事のあとに、焚き火のそばで、レニカは、笛を吹いてくれました。あの月の光のような曲。あたたかな、包みこむような音色でした。

吹き終わると、レニカは訊きました。

「ところで、あなたたち、これからどうするつもりなの？」

ルルーはペルタを振り返りました。ペルタは思いだしたように顔をあげて、

『あ、その話、ぼくまだしてなかったんだ……』

レニカが、弾んだ声でいいました。

「ペルタくんには話したんだけど、もし、ここにいたいなら、ずっといてくれてもいいのよ。人間達は、この妖精の丘の周りの森まではこないから、安全よ。わたしのことを、すごく怖がってるんだから。当たり前よ。お城の騎士団ならともかく、こんな小さな村の人達に、魔法狼を退治することなんてできっこないんだからね。

ねえ、ここで一緒に暮らさない？　この森なら、食べるものの心配もいらないわ。住むところだって。わたしの住んでる洞窟を、もっと掘って拡げたっていいのよ。わたし、穴を掘るのも、岩をどかすのも簡単にやれるの。魔法狼はね、ほんとに怪力なんだから。きっとあなたが信じられないくらいにね」

『それがいいわ。それがいいわ』

小さな妖精も、嬉しそうに騒ぎました。

「わたし……」ルルーはうつむきました。

「元の時代に帰りたいの。もうじき、満月の夜がくるんでしょ？　そしたら、『願い川』で願えば、帰れるから……」

「『願い川』？」

レニカは、怪訝そうに訊き返しました。「ルルーは『願い川』に、もう、一回願いごとをしたんでしょう？　それで願いが叶えられちゃったんでしょう？　それなら、あの川にもうお願いすることはできないんじゃない？　伝説では、願いごとは、その人の一生に一度きりのことだってなってるもの」

ルルーは、もっていたお茶のカップを、手から落としました。

「——知らなかったの？」レニカはそっと、身を屈め、濡れた服を拭いてくれました。縁が欠けたカップを拾い上げました。

ルルーは青ざめて、ただうなずきました。

レニカは、そんなルルーをしばらくみていましたが、やがて、優しい声で訊きました。

「そんなに、帰りたいの？」

「……うん」

「向こうには、友達がいるの？」

ルルーはうなずき、そして首を横に振りました。

「大好きだと思ってた人達はいるの。でももう人間のことが——みんなの考えていることがわからなくなっちゃって。わたしはあの人達の友達なのかな？」

「わたしにはわかんないけど、元の時代に、帰りたいの？」

「——うん。……帰りたい」

どうしてなんだろう、と、ルルーは思っていました。二度と帰りたくないと思った風の丘の家、あの家が、部屋に立ちこめていた植物や薬の匂いが、丘を吹き過ぎる風の音が、今はからだが震えるほど、懐かしいのです。

今までに出会った人達、友達だと思っていた人達に、もう一度、もう一度だけでもいいから、会いたいのです。

(会いたい。お話をしたいの。嫌われたって、いいから。ほんとはわたしのことなんか好きでなくていい、相手にしてくれなくてもいいから……)

裏切られたはずのカーリンにさえ、会いたいと思いました。ふたりで化石をみたことや、勉強をしたことが、その思い出が、まるで何枚もの綺麗な絵のように思いだされました。

ある日の夕暮れ時、部屋に黄昏の光が満ちる中で、カーリンがいった言葉がありました。

「人が笑っているのをみてるのが好きなの」

晩めのお茶の時間を過ごしている時のことでした。柱時計はかちかちと音をたて、カーリンの瞳は琥珀色に光っていました。

「それが知らない人でもよ、悲しい顔はみたくないの。ううん。世界の裏側にいて、一生会うことのない人達にも、笑っていてほしい。幸せでいてほしいの。――誰かを不幸から守るための力がほしかった。もう一度笑顔にするための力が。それが医学だと思ったの。子どもの頃ね。今でも思ってる。そのためにわたしはうまれてきたんだって思いたいの。いつか誰かを助けて、そんなふうに思える日がくるといいなって、ずっと祈ってる」

(あの言葉を信じちゃ――いけないの？)

あの祈りが真実だったということを。

「わたしを信じて」

風の丘で別れた日にカーリンが叫んだ言葉が、今も耳の底に残っています。

(でもカーリンさん。わたし、わからない。何を信じたらいいのか……)

わかっているのは、ただ――。

「……わたしは、風の丘に、帰りたい」

呟くと、涙がこぼれました。

レニカの手が、両肩にふれました。

「帰してあげる。わたしが帰してあげるわ」

レニカは、ゆっくりといいました。「わたしね、『願い川』に願いごとをしたことが、まだないの。だからね、ルルー。わたしの分の願いごとで、あなたの願いを叶えてあげる。

あなたが元の時代に帰れるように、わたしが川に頼んであげる。ちょうどよかった。そうしましょう。わたしには、ルルーが願うほどに叶えたい願いごとはないもの。

……ああ、ほんとはひとつ、あったけど」

レニカは、向日葵のような笑顔で、

「わたし、友達がほしかったの。世界にたったひとりでいい、心の底から打ち解けあえるお友達に出会いたかったの。でもルルーに会えたから、願いは、願う前に叶っちゃった。びっくりしたのよ。『願い川』で、ルルーが急に目の前に現れた時。あの時わたしは、本当の本当に、お友達がほしいなと思っていて、まさにそう、川に願おうとしていたところだったんだから。——だからね、もういいの。

ね、ルルー。帰るまでの数日の間だけでいいわ。わたしの友達でいてくれる？」

4

レニカは、妖精と、川のせせらぎで遊び、踊りながら笛を吹きました。花の妖精は、レニカの笛が好きなようでした。蝶の羽根ではばたきながら、高い声で笑い、空で身を翻しました。ルルーはその様子を綺麗な絵みたいだと思いました。

前の夜の出来事が嘘のように、穏やかな時間が過ぎてゆきました。夏の川辺には風が吹き渡り、花の妖精はその風に乗って昼寝をしたり蜻蛉《とんぼ》と追いかけっこをしたりと、楽しそうでした。ルルーとレニカはそれを眺めながら、お互いのこれまでの話をしたりしました。

夕方には、レニカは森の奥から山ほどの茸や香草、果物をとってきてくれて、それと、川の魚で美味しい料理を作ってくれました。

ルルーは疲れていた自分の心とからだがほぐれてくるのを感じました。

（レニカにはわたしの心がわかるし、わたしにはレニカの心がわかる。ああ、だから、楽なんだ……）

夕食のあと、川辺の焚き火のそばで、ルルーが、風の丘での話をすると、レニカは、

「ルルーって、勇気があって、優しいのねえ」

目を輝かせ、ため息まじりにいいました。力と薬草に関する知識を人間のために使うなんて。誰かを幸せにするために、旅や冒険までしちゃうなんて。すごいなあ。かっこいいなあ」

ルルーは、目を伏せました。

「勇気もないし優しくもないわ。百五十年後の世界は暮らしやすいから、魔女だって名のれたっていうだけよ。それに、わたし――」

ルルーは、夜の川をみつめました。「自分が人間を幸せにできるって信じてただけで、ほんとにはそんなことはなかったし、人間の心だって、結局は、全然わかってなかったの

よ」

「人間を幸せにする力、かあ」

レニカが、頬杖をついていいました。

「わたし、旅の一座で、笛吹いてたでしょ？　その時にわたしの笛で、きいている人達が幸せになるといいなあと思ってたの。でね、思いをこめて綺麗な曲を吹けば、たしかに、きいている人達の表情は、ふんわりと、幸せそうになるの。

それでね、世界中の、いろんな街を旅するごとに、わたしはこの街の人達を幸せにして、また次の街へ旅してゆくんだわ、とか思ってた。——でも」

「でも？」

「ある日気づいたのよ。今、わたしの笛がきっかけで幸せになってくれた人も、永遠に幸せなままじゃないだろう、って。だっていっつもその人のそばにいて笛を吹いてあげることなんてできないし、今、たまたまその人が笛で幸せになってくれたとしても、次もまた次も、その人が音楽で楽しくなれるかどうかなんて、わからないんだもの。つまり、わたしには何にもできない、わたしのしてることに意味はないんだ、とか思ったなあ」

ルルーは、どきりとしました。

「……わたしも、そんなふうに思ったの」

早口でいいました。「だからあのね。もし、元の時代に帰れても、風の丘で元の通りに暮らし続ける自信が、ほんというと、ないの。わたし、これからどうやって、人間とつきあっていけばいいのか……」

「自分が幸せなら、いいんじゃない？　この時代みたいに、人間が殺そうって追いかけてくる時代じゃないんなら、今までどおり、人間と友達になって、助けてあげたりしながら、楽しく生きていけばいいんじゃないかな？」

「でも……人間の心が、もうわたしには」

「誰の心も、わかんないのよ。きっとね。人間同士だってわかんないし、わたしだって、今、ルルーの気持ちはわかるような気がするけれど、本当にはどうだかわからない。心の中が、透けてみえてるってわけじゃないもん。

　世界中のみんなが、人間だって魔物だって、魔女だってね、きっと、自分以外の誰かの心なんてわかんないのよ。でも、みんな、わかってる気持ちになろうとして、理解しようと努力して、それで、生きてるんだと思うわよ。

　で、それが錯覚でも、あの人は友達なんだと思ってた方が楽しいんじゃないかなあ？　わたしはひとりっきりだ、世界に誰も友達がいないと思うよりも」

　レニカは、笛を夜空へとかざしました。「さっきの笛の話の続きだけど。結局わたし、開きなおることにしたの。他人の心を、ちょっとの間だけでも、幸せにするお手伝いができたんなら、もうそれで、きっと十分奇跡みたいなことなんだから、誇りに思ったっていいんじゃないかって。その一瞬で、相手よりも実は自分の方が幸せになれるんだから、それでもういいやって」

心に涼やかな風が吹き抜けたような心持ちがしました。

「そうね。そうだわ。誰かを助けるのってその人のためだって思ってたけど、それが楽しいから、そうしたいからだったんだわ。わたし忘れてた」

曇っていた心の中が、すっきりと晴れたような気がしました。

胸の奥に澄んだ空気が入ってきたように、呼吸が楽な感じがします。

(わたし、誰かに友達になってほしくて、誰かを好きになってたわけじゃない。自分が誰かを好きになること、誰かを友達だと思うこと。それが一番大事なこと。それこそが、わたしの幸せだったんだわ)

5

月は満月に向かって、膨らんでいました。月の下で、レニカはふるふるとからだを振ると、見事な金色の狼の姿に変わりました。身ぶりで、ルルーに背中に乗ってといいました。

ペルタを抱いて、ルルーが狼の背中に乗ると、狼は翼のある生き物のように、暗い森の木々の間を駆け抜けました。妖精もついてきます。

森を抜けたところに、青い月の光の色に染められた、美しい世界がありました。妖精の丘でした。ルルーの時代には枯れ草しかみえなかったはずの場所は、今、『願い川』のせせらぎの音につつまれ、たくさんの青紫色の花が、星のように丘を飾って咲いていました。

狼は、ルルーを背中から降ろすと、自分は花の中に身を横たえました。

「小さな朝顔みたいな形だけど、知らない花だわ」

ルルーが甘い匂いの花に顔を寄せると、

『知らないの？　これこそが、貴重な「妖精の花」よ』

妖精がいって、花にほおずりしました。『古い古い時代のお花なのよ。世界がうまれた頃からあるお花。人間や動物の病気や怪我を治したり、元気にしたりする力があるの。でも、人間の持つ、憎しみや怒り――そういう暗い心にあうと枯れちゃうから、もう、こんな山奥にしか咲いていないの。大事なお花よ。このお花の魔法があるから、お花から力をわけてもらえるから、あたし元気なの。二年前、レニカとこの森に辿り着いて、このお花にあうまでは、あたし、死にかけてたのよ』

ルルーは、丸い花をてのひらにのせました。

ふっと、魔女の力が働いて、わかりました。

（いい薬草になるわ。――伝染病の薬になる）

胸が痛みました。死んでしまった年老いた魔女、あの人の病気も、この花から作った薬があれば、助かったのだとわかったからです。

涙をこらえながら、夜風に揺らぐ花をみているうちに、思いました。――この花を少しでも、未来に持って帰れたらどうでしょう？

（きっといい薬になるわ。――でも……）

そうすると、花の妖精は困るのでしょうか？　それとも、少しくらいなら大丈夫でしょうか？　葉っぱの一枚や種の一粒くらいなら……。

つい、と、妖精が耳元に飛んできました。

『ねえ、ルルー。どうしても、元の時代に帰るの？　レニカのそばに残ってあげるのは駄目なの？』

「え？」と、ルルーは訊き返しました。

『レニカはあなたがいなくなったら、また、ひとりぼっちになる。さみしくなっちゃうよ』

妖精はうつむきました。『レニカは本当は、今みたいにひとりぼっちで森の奥で暮らしたいわけじゃないの。にぎやかな街へゆきたいの。でも、そうすると、あたしひとりが森へ残ることになるから、あたしがさみしいからって、ここにいるの』

レニカが、人の姿に戻りました。口を尖らせて、妖精に、

「勝手なことといわないで。わたしはここにいたいから、いるだけよ」

『違う』と、妖精はルルーにいいました。

『あのね、レニカはね、遠い町で、道に落ちてた、ひとりぼっちのあたしを拾って、この森までつれてきてくれたの。「南の森の村」のそばの山奥なら、人間はこないっていうから、妖精だって生きていけるかもしれないって、旅してきてくれたの。旅の一座をでたのは、ルルーに話した、それだけが理由じゃないの。あたしのせいだったの。世界中でたったひとりの、生き残りの妖精になってしまったかもしれないあたしを、レニカは放っておけなかったの。優しかったから。ひとりぼっちの辛さを、知っていたから』

「もう、この子のいうことは気にしないで」

レニカはいいましたが、ルルーは、心が痺《しび》れるような痛みを感じていました。

ルルーが帰るということは、レニカをこの時代に残してゆくということだと、初めて気づいたのです。ルルーを助けてくれたレニカ、ルルーのために願いごとを譲ってくれようという優しいレニカだけを、この時代に。

6

そして、あさってが満月の夜だという日。

夜明けに、ルルーは笛の音で目覚めました。

干し草のベッドの傍らに、レニカはいませんでした。笛の音は川辺からきこえます。レニカの髪のような美しい金色の日差しが、洞窟の入り口からさしてきていました。

ルルーはペルタを抱いて、外へ向かいました。からだは、もうすっかりよくなっていました。

レニカはこちらに背を向けていました。でもその笛の音色で、その思いがわかりました。曲が切ないような響きをおびていたのです。

（あさって。あと二日で、満月になる……）

ルルーは、手を握りしめました。（わたしは本当に、帰ってもいいの？）

迷いながら、ルルーはレニカのそばにゆきました。ほっそりとした背中をみつめました。

（魔法狼は魔物だけれど、魔女みたいには長生きじゃない。人間ほどの長さしか生きられないの。百五十年後の世界に帰ったら、わたしはレニカとはお別れなのよ。二度と会えなくなる）

草を踏む足音に気づいたのか、レニカが振り返りました。笑顔でした。

その時でした。ひとりの少年が、ふいに川辺へと姿を現したのです。

「この――笛の音……」

少年は夢をみているような表情で、レニカをみると、ふと、微笑みました。

「……いつも、森の方からきこえてくるたびに、あの綺麗な笛は、誰が吹いているんだろうと思ってた。ずっと……知りたかったんだ。ここで、きみが吹いていたんだね……」

少年は、細い木が倒れるように夏草の中に倒れました。

レニカは、笛をにぎりしめて、立ちつくしました。

ルルーが駆け寄ると、少年は抱き起こしたルルーの腕の中で、うっすらと目をあけました。

「……魔女様。魔女様、ですね？」

少年は病気でした。ルルーには一目みてわかりました。彼が、小さな村で死んだ魔女と同じ、恐ろしい伝染病にかかっているということが。

「ぼくは……『南の森の村』のヨハンです。お願い……助けてください。……村に、酷い病気がはやっていて……。みんな、高い熱と咳で……このままじゃあ……明日には、たぶん、村中みんな、死んでしまう……」

ルルーは、はっとしました。死んだ魔女がいい残した復讐という言葉の意味が、今、わかったような気がしたのです。

『いい気味だよ』と、ペルタが叫びました。

『あんな村の奴らなんか、ほうっておきなよ。あいつら、おばあさんを殺したんだよ。ルルーを殺そうとしたんだよ』

目を伏せて、ヨハンはいいました。

「……魔女様には、村のみんなが酷いことをしました。だから、だから本当は、こんなことと頼んじゃいけないんだって……わかってるんですけど――小さい子たちが、泣いてるのをみるの、ぼく……苦手で。

ああ、魔女様を見つけられてよかったなあ。夢みてるみたいです」

ヨハンは、にっこりと笑いました。「きっとこの森にいると……思ったんだ。やっぱりいた。いてくれましたね……」

「どうして、わたしに頼むの？」

ルルーは、訊かずにはいられませんでした。「魔女のことを、嫌じゃあないの？」

「……本当をいうと、怖いけど――でも。お伽話には、よい魔女の話もあって……人間に優しい魔女たちの話が。ぼくは、そういうお話の方が、好きだったから。それに……父さんが、子どもの魔女だっていってたから、ぼく、会ってみたかったんです。

……だって、子どもなら、友達に、なれるかもって……」

ヨハンは咳き込みました。ルルーには、この子の命の火が、もうすぐ、燃え尽きようとしているのがわかりました。

（なのに、わたしを捜しにきたの？）

重い病気のからだで。ルルーをみつけられるかどうかも、わからなかったのに。ここまで。深い森の奥まで。きっと何度もつまずき、転びながら、ルルーを捜しに来てくれたのです。村の人々のため、小さな子たちのために。

レニカが、笛を抱いて、叫びました。

「ルルー、お願い。この子を助けて。助けてあげて」

7

ルルーは、花の妖精に頼んで、妖精の花を持ってきてもらいました。

朝の光にしぼんだばかりの三輪の小さな青紫色の花と、川の水と火で薬を作りました。

洞窟に横たえたヨハンに飲ませると、彼はふうっと深い息をして眠りました。すやすやと寝息を立てる、穏やかな眠りでした。

「大丈夫よ」と、ルルーはいいました。「目が覚めたら、治っているわ。安心して、レニカ。妖精の花は、本当に魔法の花よ。ありがとう、妖精さん」

『よかったわ、よかったわ』と、花の妖精は、洞窟の中を、くるくる飛び回って、踊りました。

「ほんとにね」とレニカは、深い息をついて、眠る少年をみつめました。レニカの頰がかすかに、薄桃色に染まっていました。

「わたしこの子のこと、知っているの。ていっても、通りすがりに森の中からみかけたことがあるってだけなんだけどね。――この子、トンネルを掘るのが夢なのよ。そんな話を、村の子たちにしているとこを、前にみたの」

「……トンネル？」

「この村、近くに高い山があるせいで他の街や国との行き来ができなくなっているでしょう？　でももし、あの山に穴が開いて、街道につながったら、村は豊かになるって熱っぽく話してた。この村には、古くから伝わる高い織物の技術があるし、質のよい木材だって森にある、外の世界への道さえ開ければいいんだって。

村の子たちは無理だって笑ってたけど、この子はいったのよ。ぼくはひとりでもトンネルを掘るよって。ぼくがおとなになって、おじいさんになる頃までには、きっとトンネルができる。そうできるようにがんばる。その時には、この村は豊かになって街になって、村の人達はみんな幸せになっているんだって。――わたしはその時、あの子、かっこいいなあ、ってね、思ったのよ」

ルルーは、いいよどみました。

「……あの、レニカ。村の人達って、どれくらい人数がいるのかしら？」

「わたしがみた感じじゃ、ざっと、百人くらいの人口の村だと思うけど」

ルルーは、自分の指をみつめました。

「――ひとりの子どものための、薬を作るのに、お花が三つ必要だったの。村の人達が、みんな病気だとしたら……百人分の、おとなや子どもの薬を作るなら……あの丘に咲いていた花を、蕾《つぼみ》までみんな摘みとらなきゃいけないわ。でないと材料がたりない。でもそうしたら、妖精の花は、種が作れなくなる。それどころか、株全体がいたんで枯れてしまうかもしれない。一目みてわかったの。あれは弱い植物よ」

レニカは、青ざめました。

と、明るい声で、妖精が、いいました。

『その時は、その時よ』

花の妖精は、眠るヨハンの顔のそばに、舞い降り、寄り添いました。

『……あったかい。人の心のもつ夢の火の、あったかさだわ。あたし、これ大好き。あたしたち妖精は、昔からこの火が大好きなの』

ルルーは、慌てました。

「妖精は人の夢の熱で、死ぬのでしょう？」

妖精はうっとりした表情で笑いました。

『眠ってるから大丈夫よ。目がさめてる時ほどは熱くないもの。この子の夢の火はあったかいわ。村の人達を幸せにしたいって、心から願ってるのね。

もし、村の人達が死んじゃったら、この子はこの夢をなくしてしまうわ。そしたら、この素敵な心の火も消えちゃう。そんなの勿体ないから、ねえ、ルルー。どんどん妖精の花を使っちゃってよ』
「でも……だって……」
花がなくなれば、この妖精はどうなるのでしょう。
『くどいわよ、魔女っ子。あたしがいいっていうんだからいいの。お花たちには悪いけど、もし枯れたら、暮らしやすいところを探して旅にでるわ。ちょうどよかった。そろそろ、田舎暮らしには飽きてきたとこだったし』
花の妖精は笑いました。『大丈夫よ。お花の魔法の力を、いっぱいからだに蓄えたから。あたしもう元気。世界中、どこへだってゆける』
レニカが何かいおうとするのを、妖精は遮って、蝶の羽で外へと飛び立ちました。
『じゃ、ありったけ、摘んでくるわね』

8

翌朝、作り上げた薬を持って、ルルーとレニカ、それにペルタは、村へと向かいました。花の妖精は留守番です。ヨハンはまだ眠っていたので、洞窟に置いてゆきました。

レニカは薬が入った大きな樽《たる》を、軽々と背負いながら、いいました。

「ねえ、ルルー。わたしだけが村に薬を届けにいってもよかったのよ。魔法狼のわたしなら、石をぶつけられても矢を射かけられても、どうってことないくらいに、強くて頑丈なんだから」

　樽に乗っかったペルタも、いいました。

『そうだよ。ルルーも留守番でよかった。ぼくとレニカのふたりで大丈夫だったんだよ』

　ルルーは唇を結んで、いいました。

「だめよ。作った薬を誰にどれくらい飲ませるかは、魔女じゃなきゃ判断できないもの。わたしがいなくちゃ、薬は配れないの」

『南の森の村』に着いたのは、昼過ぎのことでした。村のあちこちから病気に苦しむ人々の呻く声や泣き声がきこえていました。

　村の外れにあった広場、あの魔女の処刑場の、銅の柱のそばに、倒れている人がいました。

「大丈夫ですか？」

　ルルーが抱えおこすと、それはあの、弓を持っていた猟師さんでした。ルルーは一瞬、からだが震えるのを感じましたが、腕を離しませんでした。

　猟師さんは目を見開き、

「……魔女め。村に呪いをかけやがったな」

　震える指で、弓を拾い上げようとしました。

レニカがむっとしたようにいいました。

「ルルーは――この魔女様はね、あんたたちを、助けにきてくださったのよ。村の人の伝染病を治すための薬を作ってくれたの」

レニカが背中から降ろした樽に、ルルーは柄杓《ひしゃく》をいれると、コップについで、猟師さんに、差し出しました。

「飲んでください。病気が治ります」

「……嘘つけ。毒だろう？　わかったぞ、村中の人間に毒を飲ませて殺す気だな？」

ペルタが怒って、腕を振り上げました。

『この村の人達なんて、ほっときゃ、みんな死んじゃうんだよ。わざわざ、毒なんか持ってきて飲ませなくたってさ。これは本物の薬。伝染病を治す、ルルー特製の魔法の薬なの』

薬、という言葉がきこえたのか、村のあちこちから人々が顔を覗かせました。ある人は這うように、ある人はよろよろと歩き、ある人は胸に子どもを抱いて。

ルルーをみて、人々はざわめきました。

「……魔女だ」

「……魔女の子だよ」

「……やっぱりこの病気は、魔女の呪いだ」

ルルーは、声を張り上げました。

「みなさんを助けにきたんです。どうか、この薬を飲んでください」

死にかけた人々の輪は、怯えと憎しみの色を瞳に宿して、ルルーをみつめました。

ルルーの腕の中の猟師さんは、目を閉じ、歯を食いしばるばかりで、薬を飲もうとはしません。

ルルーは焦りました。村人の輪の中にいる、お母さんらしき人に抱かれた小さな子ども、その子の呼吸が、ずいぶんと浅くなっているのが目にみえてわかったからでした。

（どうしよう？　このままじゃ、みんな死んでしまう。薬は、ここにあるのに……これさえ飲めば、みんな助かるのに……）

その時、レニカが低い声でいいました。

「いい加減にしなさいよ、あんたたち」

広場の土に深く打ち込まれた銅の柱に、両手をかけました。そして、ぐっと力をこめると、地面にひび割れを作りながら、柱を抜き、頭の上に持ち上げたのです。柱はよほど重いのか、レニカの足は土の中にぐっとめり込みました。そのまま柱をぶんと振り回すと、レニカは鉄の檻を殴りつけました。

火花が散りました。二度、三度と殴るうちに、檻はぐしゃりと壊れました。

飴細工のように歪んだ柱を、レニカが無造作に投げ捨てると地響きがしました。柱は地面の上を跳ね、数度の地響きと共に転がりました。

村人達は立ち尽くしました。

レニカは村人達を見渡すと、いいました。

「わたしは魔法狼よ。こんなちっぽけな村なんか五分もかからずに潰《つぶ》して平らにならしてしまえるほどの力持ちなの。こちらの魔女様だってね、呪文一つで村中を燃やして真っ黒焦げに出来るほどの、すごい魔力の持ち主なんだから」

ルルーはレニカの袖を引っ張りました。

「……わたしの魔法じゃ、そんなの無理よ」

「……この際、細かいことはどうでもいいの。

とにかく、わたしたちなら、あんたたちをどうこうしようと思ったら、毒薬配りにくるなんて、せせこましいことはしないの。わかった？　わかったなら、さあ、飲みなさいよ。せっかく徹夜で作ったんだから」

村人達は、心が揺らいだようでした。お互いに顔をみあって、小さな声で相談していきます。

元気な足音と一緒に、ヨハンが走ってきたのは、その時でした。

少年は、胸いっぱいに空気を吸い込んで、明るい声で叫びました。

「信じていいんだよ。ぼくをみて。その薬で治ったんだ。ぼくが魔女様に、きてくださいって頼んだんだよ。だから、魔女様は、きてくれたんだ。この村の、みんなのために、きっとたくさんの怖い思いをしただろうに、きてくれたんだよ」

村人達はざわめきました。子どもたちが、親たちのそばを離れて、苦しそうに息をしながら、ルルーのそばにきました。

「……ヨハンの言葉なら、信じられる」

「……ヨハンなら、信じる」

そう、いいながら。

「……魔女様、助けて」

「……助けてください」

ルルーは、子どもたちに薬を飲ませました。

地面に横たわっていた猟師さんが、「俺にも、その薬をくれ」といいました。その目に、涙が浮かんでいました。

「……ヨハンを助けてくれて、ありがとうよ。俺の子なんだ。猟師の子なのに、勉強が好きで弓矢が嫌いな、変わり者なんだがなあ」

9

村の人々全員に薬を飲ませ終わる頃には、夕方になっていました。

その時分には、初めに薬を飲ませた子どもたちは元気になっていて、村を駆け回ったり、ルルーの手伝いをしたりしていました。

ヨハンは、どの子どもよりも熱心にルルーたちを手伝い、そして最後のひとりに薬を飲ませ終わると、深く頭を下げていいました。

「——ありがとうございました、魔女様。そして、魔法狼様」

『ぼくは？』と、すましてペルタが訊くと、

「あ、ぬいぐるみ様も」少年は、晴れやかな笑顔で、笑いました。

夏の夕空は、とびきり美しい染料で染めた布のような赤色に光っていました。澄み切った風が、ルルーたちのからだを優しくなでてゆきました。

ルルーは、汗でべたついた額を腕で拭って、空を見上げました。

とても疲れていましたけれど、それは、前に感じていた疲れと違って、とても気持ちのよいものでした。

静かだった村には、今、ざわめきと賑わいが戻り、煙突には煙が上がっています。夕食

の準備をあちこちの家が始めたのか、よい匂いもします。子どもの遊ぶ声と、お母さんが名前を呼ぶ声がします。小さな、貧しい村の、でもほっこりとあたたかな夕方でした。

それは、この村できっと今までに数限りなく繰り返されてきただろう情景、ありふれた情景でした。けれどそれは、危うく、なくなってしまうかもしれないものだったのです。

ルルーの汚れた頬を、涙がつたいました。

（これを守ったのは、わたしなんだ……）

優しそうな女の人が、夕食をどうぞ、と、ルルーたちを呼びにきました。それはヨハンのお母さん、あの猟師の奥さんでした。

小さいけれどあたたかな家で、ルルーたちは、楽しくて美味しい時間を過ごしました。

他の村人達も、入れ替わり立ち替わりお土産を手に訪ねてきたりして、賑やかな夜になりました。

もう少しいてくださいと何度も引き留められて、やがて、ルルーたちが晩めの時間に森へと帰る時、ヨハンが途中まで送ってきてくれました。

別れぎわ、ヨハンはルルーにまた、お礼をいいました。そしてレニカに、

「笛、また吹いてね。ぼくはいつも耳を澄ませているから」と、いいました。

色の白い頬を赤く染めていました。

「そうね。気が向いたらね」

そっけなく、レニカは答え、さっさと森の方へと歩いたのでした。いつまでも見送っているヨハンの方を振り返りもせずに。

ルルーはあとから追いかけて、追い抜いて、

「もっと親切にしてあげればいいのに……」といってレニカの顔をみたら、レニカは何だか嬉しそうに笑っているのでした。

ルルーの腕の中で、ペルタが『うふふ』と笑いました。ルルーも笑って、

「いいわねえ、若い人たちは」というと、

「そんなんじゃないもん」と、レニカは、つんと上を向いて先に立って歩きました。

「ルルー。わたしはね、人間は信じないの。人間とはね、友達にならないの」

「変なの。わたしには信じてもいいなんてふうなこといわなかった？」

「あれはあれ。これはこれなの」

「レニカったら、嘘つき」

「いいの。わたしは狼少女だから」

ふたりは、笑いました。

レニカは夜空を見上げ、深呼吸しました。

「どうしてわたしたちは、人間なんて、好きなんだろうね？　へんてこな生き物なのにね。自分勝手で、偉そうで、ろくなことはしない生き物なのにね」

「そうだね。どうして好きなんだろうね？」

「こんなに人間が好きなのに、何でわたしたちは、人間にうまれてこなかったんだろうね？」

レニカの目に、薄く涙が光っていました。

ルルーは一つ息をつくと、いいました。

「ものは考えようよ。たとえば、今日なんか、わたしたちが人間にうまれてこなかったからこそ、村を助けられたんだと思わない？

わたしとあなたがいなければ、きっと、この村を救えなかった」

「そうか。そうだね」

「わたし、魔女でよかったな」

晴れ晴れとした心でそういうと、レニカがくるんと振り返って、いいました。「わたしもいつか、狼人間でよかったって思える日がくるかなあ？」

「うん。いつか。きっと、いつかね」

空には、明日満月になる丸い月が、穏やかな色の光を放っていました。

10

夜遅く、ルルーたちは洞窟に帰り着きました。小さな妖精は、ルルーたちが村の人達をどんなふうに助けたかという話を嬉しそうに踊りながらききました。

それが最後でした。妖精はそれきり、姿を消したのです。

翌朝、ルルーたちは妖精を探して、『妖精の丘』にいきました。

妖精の花は、小さな蕾まですべてが摘み取られていて、無残な有様になっていました。葉も茎も、まるで息も絶え絶えのように傷だらけになり、萎れきっていたのです。

花の心がわかるという花の妖精が、どれほどの思いで、自らの手でこれだけの花を摘み取ったのだろうと考えると、ルルーは、胸が痛みました。

レニカは、跪《ひざまず》き、ちぎれた葉をなでて、

「わたしも一緒に旅立ってよかったのに」

といいましたが、ルルーは、妖精はたぶん、レニカがそういうことがわかっていて、あえてひとりでいったのだろうと思いました。

妖精は、昨日の夜、レニカが村の子どもたちや、ヨハンの話をするのを、本当に楽しそうにきいていました。両手で頰杖をつき、たまに足をぱたぱたさせたり、蝶の羽でひらひらと上機嫌に飛び回ったりしながら。

『よかったね』妖精は何度もそういって笑いました。『よかった』と。

その日一日、ルルーはレニカと一緒に過ごしました。川辺で遊び、魚や茸の食事をし、美味しいお茶を飲み、木陰で昼寝をしました。

やがて、夕方になりました。紫色に染まった空に満月がのぼる頃になっても、ルルーはまだ、元の時代に帰るべきかどうか、迷っていました。

ペルタを抱いたルルーと、そしてレニカは、『願い川』にゆきました。

ルルーは、この時代にきた時と同じ姿で、帽子をかぶり夏のマントをはおり、旅行鞄を提げて、川辺に立ちました。

無口になっていたレニカが、「じゃあ」と、一言いいました。

ルルーは、「待って」と、叫んでいました。「わたし、わたしやっぱり……」

「駄目よ」と、レニカは笑っていいました。

「幸せになりましょう、ルルー。ルルーは元の世界に帰った方が幸せになれる。わたしもね、もう二度と会えなくても、あなたが笑顔でいてくれた方が、幸せだから」

レニカは目を閉じると、祈りました。

「『願い川』よ。川の神様か精霊かわからないけど、どうかわたしの願いを叶えて。

わたしの友達ルルーを、元の時代に帰してあげてください」

月の光に照らされた、夕暮れ時の川のせせらぎが、銀色に淡く輝きました。

ルルーがここにきた時と同じように、絹のような白い霧が、ゆらゆらと、不思議な光を放ちながら、川から立ち上り始めました。

ルルーはレニカの名を呼んで、駆け寄ろうとしました。でもみるまに霧は立ちこめて、白くひんやりとした闇のように、ふたりの間を隔ててゆきました。

霧の中から、声がきこえました。

「……さよなら、ルルー。ありがとう。楽しかった。楽しかったなあ。……わたしもいつか……魔物にうまれてよかったって、思えるように……きっと……」


霧が晴れた時、そこは夜で、空には満月が浮かんでいました。

空で大きな、轟く音がしました。見上げると、空には色とりどりの光の花。

花火があがる音でした。華やかな大輪の花がいくつも咲きました。

深かった森は、明るい風通しのよい森に変わり、レニカはどこにもいませんでした。

ルルーの腕の中で、ペルタが、小さな声で『お祭りの夜だね』といいました。『戻ってきたんだね、ぼくたち』

ルルーは、てのひらで涙を拭い、歩きだしました。旅行鞄を提げ、魔女のマントを夜風になびかせて、『南の森の街』を目指して。

11

街は、楽しげに賑わっていました。

公園の広場に作られた、花に飾られた舞台では、百五十年前のこの街で、魔女の子が恐ろしい流行病から人々を救った伝説の、その人形劇が上演されていました。それはいろんな歌や楽器で綺麗な音楽も演奏される、大がかりなお芝居で、子どももおとなも、夢中になってみていました。

若いお父さんが、腕に抱いていた、幼い娘にいいました。

「このお芝居はほんとうのお話だよ。この街は、遠い昔、まだ貧しい小さな村だった頃に、どこからかきて、また去っていった、旅の優しい魔女の子のおかげで救われたんだ」

娘は、賢そうな表情でうなずいて、「優しい魔女と、それと勇気ある魔法狼のおかげでしょう？　それから、優しいヨハン少年のおかげだわ」

お父さんは嬉しそうにうなずいて、

「そうだよ。ほら、みてごらん。公園の東と西に、おとなになったヨハン少年と、魔法狼の銅像がたっているだろう？　ヨハン少年は、のちに若くして村長になり、昼は村のために働きながら、夜は山にトンネルを掘ったんだ。それを友達の魔法狼の娘も、手伝った。長い年月をかけてふたりは、険しく大きな山に、トンネルを造った。そして――」

娘は、泣きべそをかきました。

「……狼さん、死んじゃったんだわ」

「そう。あと少しで、トンネルが開通するという時に地震が起きて、魔法狼の娘は、崩れた土砂の下敷きになってしまったんだ。トンネルは、そのあと、ヨハンと、娘の遺志を継いだ、村の人々が完成させた。そしてトンネルのおかげで、村は、いまみたいに、豊かな大きな街にうまれ変わったんだ。

――だから」

若いお父さんは、月を見上げました。「覚えておくんだよ。この『月光の祭り』は、昔の優しい小さな魔女、そして、街のために命を落とした、勇気ある魔法狼の娘に感謝するために、忘れないために、続けている祭りなんだからね」

花火があがり、美しい街に光の雨を降らせました。

人々の歓声をききながら、ルルーはひとり、石畳をみつめていました。花火に照らされて、そこに映る自分の影が、黒々とみえました。

（レニカが――死んだ？）

ペルタが、ルルーの名を呼びました。ルルーはペルタを抱きしめました。

魔法狼は、魔女のように、長い生を生きるものではありません。それはルルーもわかっていました。こちらの時代では、もう、レニカには会えないだろうということは。

（……でも）ルルーは、歯を食いしばりました。

（そんな……酷い事故で、死んだなんて）

魔物としてうまれたことをよかったと思えるようになりたい、と、レニカはいいました。人間が好きだ、とルルーにいいました。だからレニカは、貧しい村のために、トンネルを掘る手伝いをしようと思ったのでしょうか？

自分の力を、魔物としての力を、人間の幸せのために使おうとして。もしかして、ルルーに出会わなかったら、レニカは、あの森の奥で、明るい川辺で気ままに笛を吹き、花の妖精と楽しく暮らしたまま、静かな一生を終えることができたのではないでしょうか？

ルルーは人込みの中で、ひっそりと泣きました。

銅像になったレニカは、花火に照らされ、誇らしげにそこに立っていましたが、ルルーに話しかけてはくれませんでした。

その時誰かが、ルルーの名を呼びました。振り返ると、人波の中にカーリンがいました。風の丘で別れたはずの、あの、カーリンが。

「……ああ、ルルー。この街に、やっぱりいてくれたのね」

飛びつくようにして、抱きしめました。

「あ、あの、カーリンさん、どうしてここに？」

カーリンは、笑っていいました。

「わたし、勘がいいのよ。野性の勘っていうのかな？　この街のお祭りにくれば、会えるような気がしたのよ。大当たりだったわね。会えてよかったけど、急いだから、もうよれよれ。やだわ、お祭りなのに、かっこ悪い」

「で、でもよく、わたしに追いつけましたね？」

風の丘を出たあの日、ルルーは灰色狼の背に乗って野を渡り、魔女の足の速さで、街道を移動したのです。人間のカーリンが、こんなに早く追いつけるはずがありません。

「わたし、足速いのよ。それに、狼さんの背中に乗っけてもらったの」

カーリンは、楽しそうにいいました。「街道の途中までよ。速かったわあ」

「え？　風の丘の灰色狼さんの背中に、ですか？」

「そうよ。わたし、あのあと、荒野にルルーを捜しにいったのよ。そしたら狼さんたちに遭遇したの。ルルーが心配だから、どこにいったか教えてっていったら、背中に乗っけてくれたの。きっと狼さんたちもルルーが心配で、それで思いが通じたんじゃないかなあ？」

次々にあがる花火の下で、カーリンは息をつくと、呼吸を落ち着かせるようにしてから、静かに、ルルーにいいました。

「どうしても、いいたかったの。わたしはルルーを本当に友達だと思ってるってことを。その気持ちに偽りはないっていうことを。

　信じてくれなくても……いいけれど」

「信じます」と、ルルーは微笑みました。「わたしこそどうかしてました。ごめんなさい。あなたが大好きです。これからもわたしの友達でいてください」

　ふたりは、街にあがる花火の光の下で、握手をしました。


　ルルーが時間旅行の話をすると、カーリンは、夢中になってきいていましたが、途中で何度も首をひねりました。そのうち、

「……ひょっとしたら、だけどね。そのレニカって人、わたしの遠いご先祖様だわ」カーリンは腕を組み、唸りました。「驚いた。てことは、狼人間って実在してたってことね。そしてわたしは、その血を引いていると。ふむう」

　でも、と、ルルーは呟きました。

「レニカは若くして死んだんじゃ……？」

「死ぬ前に、村長のヨハンと結婚して、子どもがいたのよ。その子どもが、つまり、わたしのご先祖様で……って話を、子どもの頃、母さんからきいたような気がするのよ。まさか、お伽話じゃあるまいし、狼人間なんているもんかって思ってたから、はなから信じて

なかったんだけど。――そういえば」

自分の腕をみました。「わたし腕相撲で負けたことないな。いつでも体力は有り余ってるし。死んだ母さんは人間離れした怪力で有名だったっていうし」

ルルーは、カーリンの顔を見上げました。髪の色こそ違っていても、たしかにレニカの面影がありました。たくましい生き方に。笑顔に。そして、魂の強さを感じさせる、その声に。琥珀色の瞳に。

(レニカは結婚してたんだ……家族がいて、ひとりぼっちじゃなかったんだ)

茶色く澄んだ瞳は、その眼差しの強さはレニカから受け継いだもの。

表情の明るさとその優しさ、そして夢の実現と理想を追い求める生き方は、紛れもなくヨハンのものでした。

気がつくと、公園の銅像――ヨハンとレニカの像は、みつめあうような様子で置かれているのでした。愛しあうもの同士が永遠に語りあうような姿で。

(レニカは、幸せだったんだね……)

花火が、あがりました。幸せな街の空を、光で包み込むように。

『願い川』のそば、妖精の丘への道に、カーリンをつれてあがりました。

カーリンがゆきたいといったからでした。

夜風に乗って、街の賑わいがきこえる中、ふたりは丘に登ってゆき、そして。ルルーは、はっとしました。

花が咲いていたのです。昼間にはなかったはずの花、昔に枯れたはずの妖精の花が、甘い香りを放ちながら、丘を埋め尽くすように、咲いていたのでした。青紫色に輝く無数の星のように。

（ああ、そうか。夜に咲く花だから、さっきは咲いていなかっただけなんだ）

遠い昔、花をすべて摘み取られ、弱りきって、もう絶えてしまうだろうと思った小さな花——けれど、妖精の花は蘇っていたのです。長い年月をかけて、あるいはレニカや、その思いを継ぐ人々に見守られ育てられて、また花を咲かせるようになっていたのかも知れません。

ルルーは座りこみ、花びらにふれました。柔らかくひんやりとした花びらは、百五十年前の花と同じに懐かしい香りを放ちました。そう。あの時と同じに。けれど今、蝶の羽のかわいらしい花の妖精は、ここにいないのでした。

カーリンの手が、ルルーの肩にふれました。

「大丈夫。花の妖精はね、今もきっとどこかで生きていて、そしていつか、この丘に戻ってくるわ。でね、咲き乱れる花をみて、すごく喜ぶのよ」

遠い昔の、レニカと同じ声でした。

「そうですね」と、ルルーは微笑みました。

そして花に手を伸ばし、できていた黒い種を、大事に、いくつか摘み取りました。立ち上がり、振り返りました。

「明日には帰りましょう。風の丘へ」

「ええ。ええ、そうね」

「お勉強の続きがあります。妖精の花の育て方。そして、薬の作り方。完璧に、覚えて帰ってくださいね」

「当たり前よ」

花火が続けてあがりました。ふたりと、そしてぬいぐるみのペルタは、人の作った光の星が空に流れ、やがてちらちらと、瞬いて消えてゆくまで、いつまでも見上げていたのでした。

遠く見える、明るい光に包まれた広場の方から、風に乗って流れてくる笛の音の旋律は、あれは昔にレニカが吹いてくれた曲。百五十年前と同じ美しさで、華やかに賑わう街の方から、懐かしく、憧れに満ちた響きで、きこえてくるのでした。

★

頁の間の物語 2

「ああ、わたし、カーリンの気持ちがすごくわかっちゃうなあ」

千鶴先生がいった。「今、もし世界のどこかに風の丘があるなら、わたしだって、ルーに会いに行くもん。弟子入りして、いろんなことを勉強しちゃうんだ」

冗談めかしていっていたけれど、目は笑っていなかった。病室の窓の外の、赤く染まった空をみて、呟いた。

「……そしたらきっと、たくさんの子どもたちを助けることができるんだろうなあ。今まで自分の手では力不足で救えなかったような子どもたちでも」

いつのまにか、窓の外の空は、夕焼けの色になっていて、そこから射し込む光が、病室の中の空気を赤く染めていた。それは金色がかったとても美しく優しい色彩で。どこか夢の中の情景のような。パステルで彩ったような。

数日かけて、『時の魔法』を朗読し終わった後の夕方のことだった。

千鶴先生は毎回は朗読を聞くことができなかったんだけど、その日はその場にいることができて、とても嬉しそうだった。

「こうして声でお話を聞くのって、やっぱり魔法を呼んでるっていうか……そんな感じがするね。——なんていうのか……」考え考え、言葉を続ける。

「本当に、魔女の子のルルーがそこにいるような気がしてきた。目の前で息づいて、泣いたり笑ったり、冒険をしたりしているのがみえるみたいな。もともと本は好きでよく読むんだけど、耳で聞くと、こんなふうに、世界が立ち上がるみたいにきこえるんだ。知らなかったなあ。すごくいいね」

それは実はわたしも感じていたことだった。子どもの頃にも感じていたのと同じ気持ち。沙綾の家のピアノの側で、あの子とふたりで本を読んでいたのと同じ気持ち。この空間に生まれるルルーは、ちゃんと命を持って生きていて、自分の心があって、行動しているリアルな人物のように思えてくる。

先生は深くうなずいた。

「まあそもそも、南波ちゃんの朗読が上手《うま》い」

「いやそれは……違うと思います」

わたしは顔を赤くする。「読み聞かせの、力だと思います。うちの店でも、月に二回、小さな子達に絵本の読み聞かせを始めたところなんですけど……やっぱり、そこだけ空気が変わる気がします」

上手な人が読むと、そこにほんとに魔法みたいな空間が生まれる。紙に書かれた字が、言葉が、立体になるというか。「世界が立ち上がる」――うん、本当に、そんな感じ。

（わたしも読み聞かせしたいって、いってみようかな）

わたしなんて、と思って、今までいってみたことがなかったけれど、店長さんや、他のスタッフの人達にちょっとだけ訊いてみようかな、と思った。

「ところで」と、千鶴先生が、気がかりなような表情で、「結局、序盤に出てきた、郵便配達の青年と、歌うたいの若者はどうなったのかなあ？　無事、だったんだよね？　子ども向けのお話だし」

「ああ、それは」わたしは口ごもった。「ルルーのお話は、わりとシビアというか、その話も、後日談があとがきに書いてあって……」

わたしは、三巻のあとがきの頁を開き、読み始めた。

「……いつもルルーの物語をわたしに教えてくれる友人によると、今回のお話の中にでてきた、争っているふたつの国は、長い年月をかけ果てしなく戦いを繰り広げた末に、今ではひとつの国として溶け合って暮らしているということです。それは良いことなのですが……あの郵便屋さんの若者は、もう風の丘を訪ねることはなかったようです。そして、もうひとりの若者――歌うたいの若者の方は。

それが彼のことなのかどうかは、はっきりとはわからないのだそうですが、のちに風の丘のそばの人の住まなくなっていた小さな村――風野村、ですね――に、ひとりの若者が住み着いたそうです。

若者は、戦争で片方の腕をなくしていました。けれど若者は、それを嘆くこともなく、戦争で親をなくした子どもたちをいろんな国からひきとってきて、その村で養ったのだといわれていています。

若者は、畑を作り葡萄を育て、やがて、そこで学校を開きました。

のちに、都会の有名なお医者さんになった、あの黒髪の娘カーリンが、陰に陽にそれを助けたともいわれているそうです。

友人は、『白鳥王国』にある古い図書館で、その風野村の学校の卒業生のひとりの子孫だというおじいさんに出会ったといいました。

丸い眼鏡をかけた柔和な笑顔のおじいさんは、先祖が若者から習ったのだという歌をうたいながら語ってくれたそうです。その小さな学校でいちばんの教えは、命は何よりも大切なものだということだったらしいと、それが自分たち一族に今も語り伝えられる教えにもなっているのだということを、話してくれたそうです……」

なるほど、と、千鶴先生はため息をついた。「たしかにシビアだ」

魔女でもなくした腕までは、治せなかったということなのかなあ、と、切ないような表情で呟いた。「治してあげたかったんだろうけど、でも、無理だったんだろうなあ。魔法が使えるっていっても、神様じゃあないものね……」

そう呟いて、千鶴先生は軽く笑う。「医療従事者、って意味じゃあ、ルルー本人もすごく身近な気がしてしまうなあ。もし今北欧のどこかの国に風の丘があって、ルルーがいたら、わたし、絶対良い友達になれるような気がする」

そうですね、とわたしは微笑む。「もし今、世界のどこかに魔女のルルーがいたら……先生なら、きっと、いいお友達になれそうな気がします」

もしも今、風の丘に小さな魔女がいるのなら、きっと。

わたしは、沙綾のベッドのそばに置かれているトランクをみつめる。しんとして、そこにある古いトランクを。

それはルルーのトランクなのだ、と、沙綾はいった。

沙綾のお母さんの先祖の魔女が、遠い世界に旅立ったルルーから預かったものだと。いつかこの世界に帰ってきたとき、きっと受け取りに来るから、と、ルルーはそう約束して、ひとり旅立っていったのだ、と。

子どもの頃、そんな風に、わたしはきいた。

ヨーロッパの北の方の、『白鳥王国』と呼ばれていたという国の、その北の最果ての辺境にある、風野村の近くの風の丘。

そこに昔、小さな魔女がくまのぬいぐるみと一緒に暮らしていたという伝説が、その伝説そのものが本当に存在したのかどうか、あと二年で二十歳《はたち》になるわたしは、そもそもそこから疑ってる。——疑う、といっちゃうと言葉が悪いけれど、つまりは子ども向けのファンタジーの本だもの、どこからが作者の想像で、創造なのか、誰にもわからないっていうことだ。だって、地図には、『白鳥王国』なんて国はどこにもないのだもの。

でもそれでももしかして、お伽話が本当で——昔、世界のどこかに、ひとりぼっちの優しい魔女の子が存在していたとして。風の丘のルルーと呼ばれた女の子が、本当にいたとしても。

魔女や魔法がこの世に存在していた時代があったとしても。

つまり——沙綾がわたしに話してくれたその後のルルーの物語が、沙綾の作り話ではなく、「本当のお話」だったとしても、今の世界にルルーはいない。

風の丘のルルーは、たくさんの旅と冒険を繰り返し、最後に、遠い東の海の果ての、緑の森の島に住む、世界で最後の竜に会ったあと、この世界から姿を消してしまったのだそうだ。

はるかに遠い場所に旅立って、そこから二度と帰ってこなかった——ルルーのお話は、七巻までで終わってしまっているけれど、その先のお話は、もし、書かれていたのなら、読者との悲しい別れで終わったのかも知れない。

（だけど――）

もし、お伽話が本当なら。

沙綾は、風の丘のルルーがこの世界に帰ってくるのを、待っているのだといった。

「だって、わたしのご先祖様に、『きっと帰ってくるから』って約束して旅立ったたっていうんだもの。きっと帰ってくるわ。大切なトランクを受け取りに」

夢見るような瞳で、いった。

魔女は長生きで、年を取るのがゆっくりなのだから、ルルーはきっと今もどこかに生きていて、いつか帰ってきてくれるに違いない、と。


天使みたいな白い指先で、ピアノを弾いていた沙綾は、今は優しい微笑みを浮かべたまま、眠っている。

（やっぱり、神様なんて、この世界にはい**な**いのかも知れない）

魔法も魔女も、存在しないのかも知れない。

沙綾は、正直変わった女の子だった。雨が降っても雪が降っても、傘なんか差さずに楽しそうに道を歩く。それが子どもの時だけのことだったら、まだちょっと変わってる、くらいですんだかも知れない。――でも、高校生になって再会した沙綾は、そのままだった。

吹く風に精霊の言葉を聞いたり、空の色で、天気の変化を読んだり、子どもの頃と同じままだった。長い巻き毛で雨粒を受けて、楽しそうに雨雲の下を歩きうたう十七歳の女の子。塀の上の猫に話しかけ、魔女と魔法の物語を、変わらずに話そうとする女の子だった。

もう「隣の家の女の子」じゃなくなっていたわたしを、変わらずに友達と呼んでくれる、まっすぐに見つめてくれる、それも昔のままだったけれど。

わたしは、軽く唇を噛む。

もしこのまま沙綾が目覚めないとしたら、やっぱり神様なんてこの世にはいないんだろうと思う。


「明日からは、『風の少女』を読むね」

わたしは沙綾に話しかける。

『風の丘のルルー』第四巻。ルルーが初めて作った魔法のほうきに乗って、山と湖の美しい街へと旅してゆくこの物語も、沙綾のお気に入りだった。

沙綾の先祖だという女の子が登場する物語だったから、かも知れない。


（上巻　終わり）

※本書は2014年7月にポプラ文庫ピュアフルより刊行しました。

村山早紀（むらやま・さき）

1963年長崎県生まれ。『ちいさいえりちゃん』で毎日童話新人賞最優秀賞、第4回椋鳩十児童文学賞を受賞。『シェーラひめのぼうけん』（童心社）、『砂漠の歌姫』（偕成社）、『はるかな空の東』（小峰書店）、『コンビニたそがれ堂』『カフェかもめ亭』『海馬亭通信』『ルリユール』『その本の物語』（以上ポプラ社）、『花咲家の人々』『竜宮ホテル』（徳間書店）、『かなりや荘浪漫』（集英社）など著書多数。

表紙＆挿絵＝こよ
表紙デザイン＝bookwall

teenに贈る文学 5

風早の街の物語シリーズ⑥
その本の物語 上

村山早紀

2016年4月　第1刷

発行者　奥村　傳
発行所　株式会社ポプラ社
〒160-8565　東京都新宿区大京町22-1
TEL03-3357-2212（営業）
　　03-3357-2305（編集）
振替00140-3-149271
フォーマットデザイン　楢原直子
ホームページ　http://www.poplar.co.jp
印刷・製本　中央精版印刷株式会社

N.D.C.913／294P／19cm
ISBN978-4-591-14898-3